이웃집 구미호

블랙홀
청소년 문고
007

이웃집 구미호

김태호 • 윤해연 • 윤혜숙 • 임어진 • 정명섭

블랙홀

차례

사라진 얼굴_윤혜숙 7

이웃집 구미호_윤해연 49

지박령 열차_김태호 85

소녀가 돌아올 때_임어진 113

재차의를 찾아서_정명섭 153

다섯 귀신의 사연을 엮으며 197

사라진 얼굴

윤혜숙

'이룸 기숙학원.'

경기도 외곽에 자리 잡은 기숙학원은 기대보다 별로였다. 낡은 펜션을 학원으로 급하게 바꾼 느낌이랄까. 담벼락은 덧바른 페인트칠로 얼룩덜룩했고 출입구에 붙은 간판은 별나게 번쩍거렸다.

"어째 으스스하지 않니?"

누군가 불쑥 던진 한마디에 아이들의 시선이 정면으로 쏠렸다. 담쟁이덩굴이 집요하게 벽을 휘감고 있고, 무성한 담쟁이덩굴 사이로 붉은색 벽돌이 희끗희끗 보였다.

담장 아래로 고개를 떨군 채 붉게 피어 있는 덩굴장미는 칙칙한 기숙학원의 분위기를 더욱 음산하게 만들었다.

처음 엄마가 이룸 기숙학원 얘기를 꺼냈을 때 손가락 사이로 새어 나가는 모래알을 움켜쥔 기분이었다. 죽어라 했지만 두 번의 모의고사에서 간신히 3등에 턱걸이한 이후 나는 절대 1등은 할 수 없을 거라는 절망에 빠져 있었다.

이번 기말고사에서도 동갑내기 사촌 유신이가 전교 1등에다 전국 석차 50등 안에 들었다는 할머니의 전화는 나를 무력감을 넘어 바닥이 보이지 않는 구렁텅이로 밀었다. 지난해까지만 해도 전교 10등 안에 간신히 들어가던 유신이는 나와는 급이 달랐다. 당연히 신경은커녕 눈곱만큼의 관심조차 없었는데, 지금은 그 아이가 목에 칼끝을 겨누고 있는 것 같다. 지금 나에게 필요한 것은 밤낮 없는 불안과 절망에서 나를 끌어내줄 든든한 사다리였다.

상위 1퍼센트만 간다는 대학의 최연소 합격자 송수연! 그 수연이가 내로라하는 검정고시 학원과 입시학원의 파격적인 제안을 거절하고 이름도 낯선 이룸 기숙학원에 학습 멘토로 온다는 소문은 나를 흥분시키기에 충분했다.

진즉부터 수연이에게는 책을 펼치면 시험에 나올 부분이 형광펜으로 그어져 보인다는 둥, 수연이와 공부하면 한 달 안에 평균 99점으로 올릴 수 있다는 둥, 수연이의 '만점 노트'는 문제 적중률 100퍼센트라는 둥 온갖 소문이 따라다녔다.

그런 수연이가 숙식까지 함께해준다는데, 이건 하늘이 주신 기회가 아닌가 싶었다.

"대입 검정고시를 치르고 두 달 공부로 전국 수석이라니! 거기 가면 죽어라고 공부만 할 거야."

수연이처럼 전국 수석만 될 수 있다면 영혼이라도 팔 수 있을 것 같았다.

일주일 만에 레벨 테스트와 면접이 초고속으로 진행되었다. 합격생들과 부모들은 어떤 요구와 간섭도 하지 않고 기숙학원의 지침을 무조건 따른다는 각서에 모두 서명했다.

추리닝 같은 푸르죽죽한 원복으로 갈아입은 아이들 틈에 끼어 강당으로 내려갔다. 전국 각지에서 온 아이들은 하나같이 뻣뻣했다. 더 가까이에서 수연이를 보려고 서로 밀쳐대는 바람에 간신히 두 번째 줄 좌석에 앉을 수 있었다.

"생일에 여기 오다니……. 수연이랑 같은 방을 쓰게 된다면 진짜 운명을 믿게 될 것 같아. 흐흐."

옆자리의 아이가 내 쪽으로 잔뜩 몸을 기울이며 말을 걸었다. 이름표에 '김혜나'라고 쓰여 있었다. 혜나는 한껏 목소리를 높이며 어떻게든 수연이와 자기를 엮으려고 애썼다.

"수연이랑 같은 방을 쓰는 건 운명이 아니라 기적 아니니?"

"기적은 나쁜 운명도 바꾸니까 그럼 더 좋은 거지 뭐. 운명처럼 기적이 찾아온다? 뭔가 스펙터클하면서 미라클하지 않니?"

혜나가 있는 대로 혀를 굴렸다. 단 두 마디에 못 말리는 수다쟁이에다 뭐든지 자기 유리한 쪽으로 해석하는 피곤한 스타일이라는 걸 알 듯했다. 이런 아이와 한 방 쓰면 조용히 공부하기는 물 건너간 일이라는 생각이 들자 절로 얼굴이 구겨졌다.

"수연이랑 같은 방 쓰면 그 노트 볼 수 있겠지?"

"그 노트?"

"그전엔 좀 잘한다 하는 수준이었는데 수능 두 달 전부터 성적이 급격히 올랐대. 다들 노트 때문이라고 그러던데 네 생각은 어때?"

만점 노트를 얘기하는 줄 빤히 알면서도 왠지 대답하면 안 될 것 같았다. 혜나는 수연이가 룸메이트로 뽑아주면 기절할지도 모른다며 호들갑을 떨었다. 나도 그래. 기절해도 좋으니까 제발 그랬으면 좋겠다. 입 밖으로 뱉어내면 부정 탈까 싶어 나는 마른침을 꿀꺽 삼켰다. 혜나의 말그물에 걸려들지 않으려고 나는 의자 끝에 엉덩이만 걸치고 몸을 옆으로 잔뜩 기울였다.

잠시 후 무릎까지 내려오는 검은 원피스를 입은 수연이가 나타났다. 아이들의 수런거림이 뚝 끊기고 "꺄악!" 비명인지 환호성인지 모를 소리가 허공을 갈랐다.

똑같이 검은 드레스에 올림머리를 한 원장이 뒤따라 모습을 드러냈다. 유리창에 쏟아지는 햇빛의 잔상 때문인지 수연이 머리 뒤로 커다란 빛무리가 생겼다.

숯검댕이를 칠한 듯한 검은 눈썹과 새빨간 입술은 수연이의 뽀얀 얼굴과 대비되며 기묘한 인상을 주었다. 반 아이들 중에도 몰래몰래 뾰루지를 감춘다며 씨씨크림을 바르는 아이가 있지만, 수연이의 얼굴은 유난히 하얬다. 핏기를 빼낸 마네킹처럼.

아이들이 한꺼번에 강당 앞으로 몰려갔다. 원장이 수연이에게 바짝 붙어 서며 아이들에게 물러서라는 손짓을 거푸 해댔다.

"이룸이 여러분의 성적을 바꿀 거라고 믿나요?"

"네!"

아이들이 있는 힘껏 소리쳤다. 원장이 입꼬리를 올리며 수연이의 어깨에 손을 올렸다.

"어제까지의 성적은 다 잊어버리세요. 여러분은 이제 새로운 성적으로 다시 태어날 테니까요. 최연소 수능 만점자 수연이가 모든 과목에서 어떻게 만점을 맞을 수 있는지 직접 알려줄 겁니다. 안 그러니, 수연아?"

원장은 수연이를 내려다보다 세상에서 가장 환한 웃음을 지어 보였다. 손가락으로 눈썹을 만지던 수연이도 입술 끝을 말아올리며 히죽 웃었다.

원장이 앞으로의 일정과 수업 방향에 대해 말하는 동안 나는 수연이에게서 눈을 뗄 수 없었다. 눈썹 도장을 찍은 듯한 짙은 눈썹과 흐릿한 얼굴에 일부러 그려넣은 듯 유난히 도드라진 입술, 수연이의 얼굴에서 이태 전 사라진 한 아이가 겹쳤다. 엄마가 딴 생각 못하게 눈썹을 밀었다는 아이, 이름이 진실이였나 그랬다.

진실이는 중학교 2학년 때 대학 입학시험에 당당히 붙었다. 최고점으로 검정고시를 패스한 진실이는 두 달 후 고등학교 언니 오빠들을 앞지르고 최연소 수능 만점자라는 기록을 세웠다.

신문사와 방송사 기자들이 진실이를 찾아내는 건 일도 아니었다. 아침부터 진실이를 보려고 전국의 학부모들과 예비 수험생들이 티브이 앞으로 몰려들었다.

이날을 준비하기라도 한 듯 우아하게 한복까지 차려입은 진실이 엄마는 카메라 앞에서 조금도 주눅 들지 않았다. 만점 비결에 대해 묻자 진실이는 대답 대신 엄마를 쳐다보았다.

"특별한 비법이랄 게 뭐 있나요? 우리 진실이는 그 흔한 단과학원 한 번 다니지 않았고 비밀 과외도 받은 적 없어요. 모든 공부를 혼자서 했어요. 그런 걸 자기주도 학습이라고 한다면서요? 호호호."

엄마의 우쭐거림과는 달리 카메라에 비친 진실이는 연신 손으로 눈썹을 가리며 어색하게 웃었다. 내 눈엔 울음을 참고 있는 것처럼 보였다.

열다섯 살의 대학생, 모든 아이의 우상이었던 진실이는 입학식에 나타나지 않았다. 진실이 엄마가 대신 입학 증서를 받아 갔다. 진실이의 실종은 한 달 내내 방송과 인터넷에 오르내렸고 2만 명 넘는 경찰들이 전국을 다 뒤졌지만 진실이를 찾을 수 없었다.

정신병원에 들어갔다는 둥, 유학 갔다는 둥 근거 없는 소문과 함께 진실이 필체로 추정되는 정체불명의 유서가 온라인에 떠돌기 시작한 것도 그 무렵이었다.

"최연소 수능 만점자! 모두들 부러워하는데 왜 나는 하나도 기쁘지 않을까? 엄마는 며칠 전 유명 입시학원으로부터 학습 매니저 제안을 받았고, 곧 광고도 찍을 거라고 했다. 엄마는 지금부터가 더 중요하고, 대학 가서도 1등 자리 빼앗기면 안 된다고 한다. 로스쿨 가서 로펌 변호사, 아니면 행정고시 합격 후 유엔 진출……. 엄마는 수능 만점자로 만족할 수 없나 보다. …… 언제까지 지켜낼 수 있을까? 1년? 아니면 2년? 어쩌면 더 빨리 빼앗길지도 모른다. 상상만 해도 숨이 막힌다. 살아도 산 게 아니다. 난 누구에게도 빼앗기고 싶지 않다. 뺏기지 않을 거다. 그 생각이 각다귀처럼 나를 파먹기 시작했다. 죽는다면 영원히 1등을 지킬 수 있을까?"

진실이의 유서를 읽는데 쓴웃음이 고였다. 최고의 자리에 올라가본 자의 억지투정 같아 속이 뒤틀렸다.

"수연이가 같이 방을 쓸 학생으로 이민지를 선택했어요. 이민지, 어디 있지?"

원장이 아이들을 내려다보며 목소리를 높였다. 한참 만에 아이들 틈에서 한 아이가 쭈뼛거리며 나왔다.

"어머, 겨우 재야?"

"도대체 기준이 뭐래? 별로 잘난 것도 없어 보이는데."

아이들의 야유에는 아랑곳없다는 듯 수연이는 민지 어깨를 다정하게 끌어안았다. 두 아이를 바라보는 원장의 얼굴은 뿌듯함으로 가득했다.

"어떤 학생이든 1등으로 만들 수 있으니까 누구를 룸메이트로 선택할지는 수연이의 자유죠. 룸메이트 자격이 있는지 없는지 민지는 수연이의 테스트를 통과해야 합니다."

순간 아이들의 웅성거림이 뚝 그쳤다. 2주 동안 임시로 함께 지내며 테스트를 통과해야 최종 룸메이트로 정해진다는 말에 아이들 몇은 가슴을 쓸어내렸다. 실망이 희망으로 바뀌는 순간이었다.

"휴, 정말 다행이다. 너도 좋지?"

혜나가 쫑알거렸다. 처음으로 혜나에게 웃어주었다.

"시험은 누구에게나 공평하고 성적 역시 거짓말하지 않아요. 그런 의미에서 우리 학원은 모두에게 공평하게 기회를 줄 거예요. 거기에 대해서는 수연이도 동의했고요. 민지 학생에게는 무사히 테스트를 통과하라고 응원해주고 싶지만, 여러분의 반짝이는 눈을 보니 그 말은 차마 못하겠는걸요."

원장이 말끝에 한껏 입을 벌리며 웃었다. 아이들도 따라 웃었다. 아이들의 웃음소리가 그치지 않자 원장이 딱 소리 나게 손을 마주쳤다. 속을 들킨 것이 민망한지 아이들의 몸이 굳었다.

원장은 성적과 제출한 공부 습관을 고려해 방 배정을 했다며 이름을 부르기 시작했다. 나의 룸메이트는 수다쟁이 혜나였다. 2주라는 원장의 말이 없었다면 입 닥치라고 소리쳤을 것이다.

"수연이가 10등인 민지를 선택한 이유가 뭘까? 혹시 민지네 아빠가 검사라던데 비밀 거래가 있었을지도 몰라."

혜나는 침대에 걸터앉으며 중얼거렸다.

"그런 데 신경 쓸 시간 있으면 성적이나 올려."

내가 드러내놓고 싫은 내색을 하자 혜나가 입을 비죽댔다.

"나도 수연이랑 같은 방 쓰고 싶다. 넌 안 그래? 민지보다 성적은 내가 더 좋은데…….”

쥐고 있던 사탕을 빼앗기기나 한 듯 혜나가 억울한 표정을 지었다.

아침 여섯 시부터 숨도 쉴 틈 없이 진행되는 수업에 아이들은 사흘도 안 돼 가뭄에 타들어가는 상추처럼 시들시들해졌다. 수연이는 특목고 입시에서 주안점을 두어야 할 포인트를 조목조목 짚어주었다. 수연이 옆에 있을 수 있다면, 수연이의 손길이 닿는 눈썹 도장이라도 될 수 있을 것 같았다.

10등이던 민지의 성적도 이내 상승곡선을 탔다. 7등, 5등, 3등 오르더니 일주일 되는 날엔 2등으로 올라섰다. 그때마다 만점 노트를 갖고 싶은 욕심에 속이 들끓었다.

“성적이라도 올라야 수연이 옆에 계속 있을 테니까.”

민지 성적이 뛰어도 아이들은 조금도 기죽지 않았다. 민지를 선택한 이유가 성적 때문이 아니라는 걸 알기에 아이들은 성적 올리는 것보다는 어떻게 수연이 눈에 띌 것인가에 더 열을 올렸다.

수업 시간이든 점심시간이든 수연이와 눈이라도 한 번 맞추려고 필사적이었다. 공연히 수연이 앞에 알짱거리기도 하고, 과목 담당 선생님이 뒤로 넘어갈 만큼 난감한 질문으로 수연이를 웃게 만드는 아이도 있었다.

하루에 한 과목 이상 쪽지 시험과 간단 모의고사를 치러야 했고 오후 여섯 시면 강의실 칠판에 1등에서 50등까지 등수가 적힌 종이가 붙었다. 그때마다 지옥과 천당을 오가는 기분이었다. 매번 내 성적은 10등 안팎을 오락가락했기 때문이었다.

매일 밤마다 5등 안에 든 아이들은 원장과 선생들 눈을 피해 수연이 방 앞에 죽치기도 하고 몰래 선물도 건넸다. 수연이 방에 몰래 들어갔다가 벌점 방에 갇히는 아이들도 생겼다.

"쟤들 완전 베프 같지 않아?"

혜나가 맞은편에서 키득거리는 수연이와 민지를 가리켰다. 입이 귀까지 찢어질 만큼 당당한 수연이의 웃음에 비하면 민지의 웃음은 어딘가 어색했다. 마치 수연이 비위를 맞추기 위해 억지웃음을 짓는 것 같았다.

"룸메이트니까 당연하지."

내 말에 혜나가 잔뜩 눈을 흘겼다. 점점 짙어지는 민지의 눈썹 화장에 신경 쓰여 혜나 말은 귀에 들어오지도 않았다. 수연이랑 같이 지내더니 얼굴까지 비슷해지는 걸까. 그러고 보니 요즘 민지의 말투도 확실히 수연이를 닮아가는 것 같았다. 민지는 흐릿한 얼굴선을 감추려는 듯 볼터치가 진해지고 코의 윤곽선을 살리기 위해 콧방울까지 갈색 아이섀도를 진하게 덧발랐다.

"민지 너무 열심히 하나 봐. 얼굴이 반쪽이야."

"수연이처럼 되려고 죽어라 하는 거지 뭐. 새벽에도 불이 켜져 있대. 도란도란 말소리도 들리고."

아이들의 쑤군거림에 자기도 민지만큼은 하는데 왜 코피 한 번 안 나는 건지 모르겠다며 혜나가 제 얼굴을 소리 나게 때렸다. 민지가 이틀 전 모의고사에서 2등으로 올라선 것 때문에 혜나는 더욱 약올라했다. 혜나만큼이나 나도 민지가 부러웠다.

"책만 들입다 판다고 나올 성적이 아니야. 순전히 그 노트 때문인데 제가 잘나서 그런 줄 안다니까. 완전 밥맛이야."

혜나가 손부채질을 하며 "푸우 풋" 입김을 뿜어냈다. 달리기 잘하는 아이랑 같은 방 쓰면 달리기 잘하게 되냐? 나는 콧방귀를 날렸다.

수연이를 따라 민지도 뭉그적거리며 자리에서 일어섰다. 며칠 사이에 민지 얼굴은 눈에 띄게 어두워졌고, 눈빛도 심하게 흔들렸다. 내가 민지라면 좋아 죽을 것 같은데 그렇지 않은 걸 보면 수연이와 사이가 삐걱대는 건지도 몰랐다. 그 생각만으로도 가슴이 떨렸다.

"민지 없어지면 그 방에 누가 들어갈까?"

눈을 반짝이며 혜나가 혀로 입술을 훔쳤다. 혜나는 3등과 5등 사이를 왔다갔다 했다. 성적으로라면 내가 수연이 방에 갈 확률은 거의 제로였다. 2주가 지나기 전에 5등 안으로 끌어올리는 게 급했다. 현실은 갑갑했고 기적은 너무 멀었다.

"민지가 쓰러졌으면 좋겠어. 그럼 나한테도 기회가 올 텐데……."

혜나는 책상 앞에 서서 두 손을 맞잡고 기도를 시작했다. 그건 밤마다 벌이는 혜나의 의식이었다. 말로는 성적 오르게 해달라고 빈다고 했지만 뭘 비는 건지는 들어보지 않아도 뻔했다.

혜나의 기도가 현실이 된 것은 이틀 뒤였다.

"내 얼굴 돌려줘. 돌려달라고!"

갑자기 민지가 달려들며 수연이의 얼굴을 손톱으로 할퀴었다. 교실 안은 순식간에 아수라장이 되었다. 수연이는 손에 들고 있던 립밤을 내던지고 죽을힘을 다해 민지를 밀쳤다. 민지가 나동그라지며 책상 모서리에 머리를 찧고 쓰러졌다.

아이들이 민지를 둘러싼 사이 수연이는 볼을 감싼 채 느릿한 걸음으로 교실을 빠져나갔다. CCTV를 보고 있었던지 원장과 양호 선생님이 뛰어왔다. 양호 선생님이 민지의 양쪽 겨드랑이에 손을 집어넣고는 짐짝처럼 질질 끌고 나갔다.

술렁대던 아이들이 언제 그랬냐는 듯 다시 책을 펼쳤다. 혜나가 책상에 얼굴을 파묻은 채 어깨를 들썩였다. 히죽거리는 얼굴을 들키고 싶지 않아서일까?

방에 들어오자마자 혜나는 감사 기도를 올리는지 창문 앞에서 비손을 하고 있었다.

"어제 민지 쓰러진 거, 수연이 때문일지도 모른대."

"수연이가 공부 안 한다고 두들겨 패기라도 했대?"

혜나는 뒤도 돌아보지 않고 꽥 소리를 질렀다.

"수연이가 민지 얼굴을 쓰다듬으면 눈썹이 옅어지고 콧대가 무너진대. 민지가 화장을 진하게 하는 것도 다 그래서라고 아이들이 쑤군대던데?"

"말도 안 돼. 민지가 수연이처럼 보이고 싶어서 그런 거라고."

혜나가 고개를 젓는 것도 모자라 펄쩍 뛰기까지 했다.

"그제 밤엔 옆방 애가 이상한 소리도 들었대. 자정 지나서 복도에서 슬리퍼 끄는 소리가 계속 났대."

내가 방문 쪽을 흘끔거리며 말했다. 비명까지는 아니지만 말소리라도 떨릴 줄 알았는데 혜나는 시큰둥했다.

"시험 성적이 떨어지니까 민지가 이상한 말 만드는 거야. 수연이한테 덤터기 씌우려고."

그러고 보니 혜나 말이 아예 틀린 건 아니었다. 이번 쪽지 시험에서 민지가 12등으로 떨어져서 수연이가 전에 없이 짜증을 부렸다. 왜 자꾸 시키는 대로 하지 않느냐고 성질까지 피웠다.

"민지 얼굴이 점점 이상하게 변하는 건 어떻게 설명할 건데?

정말 아이들 말처럼 수연이가 이상한 약 먹이는 거 아닐까?"

"수연이처럼 되고 싶으니까 똑같이 화장해서 그런 거야. 너 강남 가봐. 여자들 얼굴 다 비슷비슷해. 그사이 얼마나 잘해줬는데 수연이한테 대들질 않나, 은혜를 그런 식으로 갚는 건 좀 그렇지 않니? 그러다 수연이 학원 나가겠다고 그럼 어떡해? 분위기가 더 이상해지기 전에 민지 같은 애는 빨리 없어져야 해."

혜나 목소리에 잔뜩 힘이 실렸다. 대변인이라도 된 듯 턱없이 수연이 편을 드는 혜나가 눈꼴시었다. 민지가 없어진다고 그 방에 들어갈 수 있을 것 같아?

삐딱한 마음을 들키고 싶지 않아 얼른 창문 쪽으로 고개를 돌렸다. 창문 너머로 초록이 짙어지는 숲이 보였다. 땅거미가 몰려들 시간이어서 그런지 숲은 더욱 컴컴했다.

성적은 제자리걸음이고, 혜나가 민지 자리를 꿰찰 것 같아 가슴이 답답했다.

이틀 뒤 민지 엄마가 의사와 함께 기숙학원에 쳐들어왔다.

"원장 나와. 당장 안 나오면 여기 문 닫게 할 거야."

민지 엄마는 거친 숨을 몰아쉬며 험악한 말을 쏟아냈다. 아이들이 뛰어나왔고 몇몇 아이는 몰래 동영상을 찍었다. 그 소란 중에도 원장과 수연이는 두런두런 이야기를 나누며 걸어 나왔다. 지켜보는 내가 더 조마조마했다. 며칠 전 민지에게 긁힌 얼굴은 상처 하나 없이 말짱했다. 눈썹은 더 짙어졌고 얼굴은 광채가 날 정도로 반질반질했다. 말라가던 잎사귀가 생기를 되찾은 것처럼. 수연이가 이틀 사이에 더 예뻐졌다며 아부를 떠는 아이도 있었다. 아이들에게 둘러싸여 시시덕거리는 수연이를 보자 민지 엄마는 당장 머리채라도 잡을 기세로 팔뚝까지 걷어붙였다.

"얘가 수연인가요? 얘랑 같은 방 쓰면서 민지가 완전히 딴 애가 됐어요. 예전의 내 딸이 아니라고요. 너, 도대체 우리 민지한테 뭔 짓을 한 거니?"

밤마다 복도에서 이상한 소리가 들리고, 눈썹이 빠지고 얼굴이 없어진다며 민지가 울고불고 했다는 민지 엄마의 말에 아이들이 웅성거렸다.

"무슨 말씀이세요. 오히려 민지 때문에 학원의 피해가 얼마나 큰데요. 밤마다 유령처럼 쏘다니질 않나, 수연이 얼굴을 죄 뜯어놓질 않나. 되레 손해배상은 우리가 받아야 할 판이에요."

민지 엄마가 길길이 날뛰는데도 원장은 얼굴빛 하나 바뀌지 않았다.

"지금 우리 민지를 정신병자로 모는 거예요? 나 참, 기가 막혀서."

팽팽하게 맞서는 두 어른을 보며 수연이는 웃음을 참는 것처럼 입을 앙다물었다. 저렇게 독하니 지금의 송수연이 있는 거겠지. 원장이 아이들을 둘러보며 목소리를 가다듬었다.

“우리 수연이가 얼마나 잘해줬는데, 민지 말만 듣고 나쁜 애 취급하는 건 듣기 참 거북하네요.”

원장 말에 어떤 아이는 고개를 끄덕였고 몇 아이는 수연이를 둘러쌌다.

“민지가 2등까지 한 건 순전히 수연이 때문이잖아?”

“맞아. 걔 들어올 때부터 좀 이상했어. 안 그래?”

아이들은 작정이라도 한 듯 민지를 헐뜯기 시작했다. 민지 자리가 자기에게 오지 않을까 하는 기대로 아이들의 눈이 번들거렸다. 손가락으로 눈썹을 만지던 수연이가 얼굴을 돌렸다. 그 잠깐 사이 나는 수연이 얼굴이 묘하게 일그러지는 걸 놓치지 않았다.

“민지가 귀신을 봤다던데 너희들이 민지 쫓아내려고 장난 친 거지?”

민지 엄마가 악에 받친 듯 둘러선 아이들에게 윽박질렀다.

“먼저 귀신이 있다고 소문낸 건 민지라고요. 민지가 이상한 얘기해서 우리가 얼마나 무서웠게요.”

“새벽마다 귀신 소리가 들린다며 복도를 어슬렁댔어요. 슬리퍼를 질질 끌면서요.”

"민지가 잠옷 차림으로 연못 있는 숲에 가는 것도 봤어요. 그날부터 난 연못 쪽을 쳐다보지도 못해요."

아이들이 하나둘 목소리를 높이자 민지 엄마도 주춤했다.

"애들아, 그만해. 민지 어머니, 오래전부터 이 동네에 달걀귀신 소문이 있대요. 그렇다고 요즘 같은 세상에 누가 그런 말을 믿겠어요? 민지가 소심한 데다 마음까지 약해서 저 혼자 난리 떤 것 같은데……. 그래도 의사 선생님, 밤마다 유령처럼 돌아다니는 건 정상이 아닌 거죠?"

원장이 의사 쪽으로 몸을 돌리며 대뜸 물었다.

"공부 스트레스가 심하면 헛것을 보기도 하고 현실에서 벗어나고 싶다는 무의식이 몽유병이나 정신분열 같은 병증으로 나타나는 아이도 있긴 하지만……."

흐지부지 말끝을 흐리며 의사는 민지 엄마 눈치를 살폈다.

잠시 후 양호 선생님 손에 이끌려 민지가 나타나자 험악하던 분위기가 이내 수그러들었다.

앰뷸런스 차창으로 보이는 민지의 눈동자는 잔뜩 겁에 질려 있었다. 나와 눈이 마주치자 민지는 손가락으로 연못을 가리켰다.

"21세기에 달걀귀신이라니, 민지 걔 진짜 미친 거 아냐?"

나를 빤히 쳐다보며 혜나가 이마를 찡그렸다. 귀신 어쩌고 하는 아이들의 속삭임이 들렸지만 나한테는 아무것도 들리지 않았다. 수연이의 방에 누가 들어가는 걸까? 나한테도 기회가 올까? 온통 그 생각뿐이었다.

그날 이후 나는 창문에 자주 눈이 갔다. 새벽이면 연못에서 피어오른 물안개가 창문에 달라붙어 바깥 풍경이 흐릿해 보였다. 민지는 왜 연못 쪽을 가리킨 걸까?

"민지 정신과 치료 받는대."

누군가 물어 온 소식에도 아이들은 움쩍도 안했다. 수연이랑 같이 방 써봤으니 그게 어디냐는 쑥덕거림이 더 컸다. 민지가 떠나고 언제 그런 일 있었냐는 듯 모든 게 다시 제자리를 찾아갔다.

수연이가 우리 방에 온 것은 며칠 뒤였다. 수연이가 방에 들어서서 처음 한 말은 불 좀 꺼달라는 것이었다. 불빛이 피부에 안 좋다면서.

"연못으로 여덟 시까지 나올래? 너만."

"정말?"

이렇게 더운 날 긴팔 후드티라니? 푹 뒤집어쓴 후드에 가려져 수연이 얼굴은 잘 보이지 않았다. 수연이는 방 안을 두리번거리다가 내 책상 옆으로 다가왔다.

"너 강유진이지?"

얼떨결에 고개를 끄덕였다. 혜나에게 했던 말을 지금이라도 거둬주기를 바라면서 간절한 눈빛을 보냈다. 어두워서 수연이가 볼 수 없을 텐데도 말이다.

수연이가 사라지자 바로 불을 켰다. 그때까지도 혜나는 얼빠진 얼굴로 주저앉아 있었다.

"방금 수연이 맞지? 나한테 보자고 한 거 맞지? 이거 꿈 아닌 거 맞지?"

가증스럽게 혜나는 '맞지?'라는 말을 세 번이나 반복했다. 그렇다는 말에 혜나가 뜀박질 하듯 달려와 내 목을 끌어안았다.

"수연이가 날 불렀어. 자기랑 같은 방 쓰자는 말 하려는 걸 거야."

귓불에 닿는 더운 입김이 혜나만큼이나 짜증났다. 혜나를 냅다 떠다밀었다. 질투하냐며 혜나가 입을 실룩댔다. 왜 내가 아니고 혜나인 거냐고? 10분마다 몇 시냐고 물어대는 혜나의 목을 비틀고 싶었다.

혜나도 수연이도 보충 수업에 들어오지 않았다. 수업 시간 내내 집중할 수 없었다. 눈길이 자꾸 문 쪽으로 갔다. 수연이와 혜나의 만남이 잘못됐기를, 혜나가 풀 죽은 얼굴로 돌아오기를. 혜나의 기도처럼 내 기도도 들어주기를 바라고 또 바랐다. 최악의 점수로 쪽지 시험마저 망쳤다.

방에 돌아오니 벌써 혜나가 와 있었다. 수연이 방에 가기로 했냐는 내 말에 혜나는 "아니" 하고 뒤도 돌아보지 않고 말했다.

"왜? 민지도 없는데?"

"내가 싫다고 했어. 민지 흔적이 남은 방에 너 같으면 가고 싶겠니?"

이상한 말로 어물쩍댔지만 뭔가 다른 이유가 있는 게 분명했다. 얼마 전까지만 해도 수연이가 같은 방 쓰자고 부른 거라며 좋아하더니, 어이없었다.

"이 방 나갈 때까지 평균 99점 만들 거야."

혜나는 책에 머리를 파묻고 99점에 잔뜩 힘을 주었다.

"뭔가 믿는 구석이 있나 봐?"

내가 책상 쪽으로 다가서자 혜나가 기겁하며 노트를 감췄다. 수연이의 '만점 노트'가 분명했다. 그 후 화장실 갈 때도 들고 가고, 서랍 속에 넣은 후에는 잠금장치의 비밀번호를 꾹꾹 눌렀다. 그때마다 노트를 훔치거나 찢어버리고 싶은 마음에 속이 부글부글 끓었다.

다섯 시 반에 맞춰진 알람 소리에 일어나면 혜나는 어김없이 책상 앞에 앉아 있었다. 마치 새벽 기도를 올리는 수녀처럼 혜나는 경건하기까지 했다.

"또 밤샜어? 안 졸려?"

"네버, 전혀……. 이상하게 새벽이면 더 정신이 맑아진다니까."

"너 정말 대단하다."

내가 진짜 하고 싶은 말은 따로 있었다. 나도 수연이 좀 만나게 해주면 안 될까? 이러다 나한테는 기회조차 오지 않는 건 아닐까? 마음이 더욱 조급해졌다.

"거기 들어가면 성적이 오를 줄 알았더니……. 어떻게 된 거니? 공부는 안 하고 딴 짓 하는 건 아니지?"

전화기 속 엄마는 다짜고짜 성질 돋우는 말만 했다. 겨우 일주일에 한 번 허락된 전화에서 고생한다는 말은커녕 공부, 공부하는 엄마한테 진저리가 났다. 엄마라면 잘 지내냐는 말부터 해야 하는 것 아닌가? 가뜩이나 제자리걸음인 성적에다 혜나한테 선수를 빼앗겨 머리 터질 것 같은데, 너덜너덜 해진 살에 소금 끼얹는 말로 내 속을 뒤집었다.

전화하는 내내 혜나가 할끔할끔 나를 훔쳐봤다. 왜 남의 전화에 귀를 쫑긋대는데? 재수 없게.

"혜나는 어떻게 그렇게 빨리 성적이 올랐다니……. 너 공부 잘하게 해달라고 새벽기도까지 다니는데, 성적은 안 오르니 속상해서……."

엄마는 휴우, 한숨을 내쉬고는 사촌인 유신이가 학원에서 친

모의고사에서 1등 했다며, 어제는 할머니한테 불려 가서 딸내미를 그렇게 물렁하게 키우면 어떻게 하느냐며 두 시간 넘게 잔소리를 들었다고 했다.

유신이와 할머니 얘기로 나한테 압력을 행사하고 싶다는 걸 누가 모를 줄 알고? 혜나만 없어진다면, 그러면 나한테도 기회가 오지 않을까? 혜나의 뒤통수까지 꼴보기 싫었다.

"엄마는 우리 딸 믿어. 우리 집안이 공부 머리는 타고났잖아. 그 피가 어디 가겠니?"

"내 공부는 내가 알아서 하니까 신경 꺼."

내 말투가 고울 리 없었다. 엄마는 끝까지 성적도 좀 올리자는 말로 전화를 끊었다. 시치미 떼고 책을 뒤적거리는 혜나를 보자 절로 눈꼬리가 올라갔다.

'죽을 만큼 하는데도 안 되는데 나더러 어쩌라고!'

나는 들고 있던 샤프를 바닥에 내동댕이쳤다. 그래도 분이 풀리지 않았다. 정말 헛말이 아니었다. 나는 죽을 만큼 애썼다. 불빛이 새어나가지 않도록 스탠드를 켜고 이불 속에서 숨죽여 가며 인강을 듣고 예상문제집을 풀었다.

"무지막지 공부하는데도 성적이 안 오르면 너한테 문제가 있는 거야. 공부는 노력이 아니라 요령이라는 걸 수연이랑 몇 분만 얘기하면 아는 건데."

혜나가 혀까지 끌끌 찼다. 그럴 때마다 가슴 한복판에 비수가 꽂히는 기분이었다. 염장을 지른다는 게 이런 걸까? 영어 단어를 외우는지 혜나는 연신 입을 오물거렸다. 못 들은 척 엉큼하게 구는 게 더 얄미웠다.

"수연이 방에는 진짜 안 갈 거야?"

"그런 데 신경 쓸 시간 있으면 문제집 한 장 더 풀어라."

혜나가 콧등을 찌푸리며 비죽비죽 웃었다.

쪽지 시험에 만점을 맞고, 이틀 전 모의고사에서 두 개 틀리자 혜나의 어깨는 10센티미터쯤 올라갔다. 이젠 드러내놓고 수연이와 낄낄거리는 시간이 늘어났다. 그래서인가? 말투도 왼쪽 어깨를 살짝 올리는 제스처도 수연이를 닮아갔다. 눈썹 화장이 점점 진해지는 것도, 어울리지 않는 와인색 립밥으로 입술을 도드라지게 칠하는 것도 그랬다.

"이젠 얘기 좀 해줄래?"

"뭘?"

"'만점 노트' 그런 게 정말 있어?"

"쪽집게 과외 한다고 성적 올라가니? 결국 공부는 혼자 하는 거야."

쫑알대는 혜나의 입술을 콱 비틀고 싶었다.

'하여튼 여우야.'

수연이가 줬다는 수분크림을 얼굴에 찍어 바르며 혜나가 다시 어깨를 들썩였다.

'얼굴이 망가져도 좋으니까 성적 좀 올랐으면 좋겠다.'

왜 그렇게 죽자 살자 공부하냐고 짝꿍이 물은 적 있다. 간신히 2등급에 턱걸이하는 짝꿍의 수준에 딱 맞는 바보 같은 질문이었다. 1등은커녕 1등급 근처에도 가보지 못한 인간이 뭘 안다고……. 1등보다 값진 2등? 결과보다 과정이 더 중요한 거라고? 웃기지 말라고 해. 그런 건 평생 남의 들러리나 하고 살 루저들이 자기들끼리 위로하느라 지어낸 말이야. 세상은 말야, 1등이 아니면 기억해주지 않아. 피를 섞은 가족한테조차 1등 아니면 밟히는 세상이라고.

다른 건 둘째치고 사촌 유신이한테 밀리는 쪽팔림만큼은 어떻게든 끝내고 싶다. 지금 내가 잡을 수 있는 마지막 끈은 수연이뿐이라는 생각에 미칠 것 같았다.

혜나의 성적은 하루가 다르게 뛰었다. 내가 나막신 신고 달리는 거면 혜나는 뉴발란스 러닝화를 신고 달리는 것 같았다. 죽을힘을 다해도 간격은 좀체 좁혀지지 않았다.

"수연이가 아무 말 안 해?"

요 며칠 혜나의 행동이 어딘가 미심쩍었다. 수연이가 혜나를 부르는 것도 뜸해졌고, 혜나는 몸이 안 좋다며 번번이 수연이를 피했다.

"너 무슨 일 있지? 만점 노트도 요샌 안 보는 것 같던데."

내가 넘겨짚으며 집요하게 묻고 늘어지자 그제야 혜나는 풀 죽은 목소리로 말했다.

"나 수연이 방에 안 갈지도 몰라. 수연이한테도 그렇게 말하긴 했는데……."

"수연이랑 싸웠어?"

혜나는 대답 대신 책상에 고개를 묻었다.

교실에서도 수연이를 보면 혜나는 기겁해서 몸을 움츠렸다. 며칠 전까지만 해도 혜나에게 친절하던 수연이도 혜나를 없는 사람 취급했다. 식당에서 혜나와 부딪치자 일그러지던 수연이 얼굴도 떠올랐다.

수연이와 혜나 사이가 삐걱거리면 나한테도 기회가 오겠지? 어쩌면 일이 술술 풀릴 것 같았다. 혜나와 수연이 사이가 점점 뜨악해질수록 나는 이상한 기대에 들뜨기 시작했다.

"나 오늘 수업 못 들어가. 선생님한테 대신 말 좀 해줄래?"

혜나가 이불 밖으로 얼굴을 내밀고 힘없이 말했다. 연일 30도를 웃도는 날씨에 숨쉬기도 힘든데 이불로 꽁꽁 몸을 싸맨 꼴이라니. 깔끔쟁이가 세수도 않고 이불 속에 파묻혀 있는 것도 그렇고 눈을 마주치지 않으려고 작정한 듯 고개를 떨구는 것도 수

상했다.

"어디 아파?"

"그런 것 같아. 몸이 으슬으슬 춥고 침도 잘 안 삼켜져."

그러고 보니 혜나는 아침밥도 먹는 둥 마는 둥 했다. '체력이 실력'이라며 홍삼 엑기스와 영양제를 꼬박꼬박 챙겨 먹는 혜나였다. 지난밤에는 누가 자꾸 보는 것 같다며 창문을 문제집으로 가리기까지 했다. 며칠 사이에 쑥 들어간 퀭한 눈 하며 내려앉은 볼살이 진짜 환자 같았다.

수업 시간 내내 내 몸에 꽂히는 수연이의 시선이 느껴졌다. 가슴이 벌렁거렸다. 이제야 내가 보이는 거니?

방에 돌아왔을 때도 혜나는 여전히 이불을 뒤집어쓰고 있었다.

"양호 선생님 부를까?"

"아니. 좀 쉬면 괜찮을 거야."

혜나는 몸을 일으키며 나를 뚫어지게 쳐다보았다. 오래 앓다 일어난 사람처럼 혜나의 얼굴은 푸석푸석했다.

"너 아직도 수연이 방에 가고 싶어?"

"수연이가 그러자고 하면, 굳이 거절할 거 없지 뭐. 너는 되고 난 왜 안 되는데? 혹시 나한테 경쟁심 느끼는 거야?"

혜나가 흠칫해서 눈을 내리깔았다.

"네가 생각하는 것처럼 좋은 애가 아닐지 몰라."

혜나가 기어들어가는 목소리로 간신히 말을 이어갔다. 쏘아보는 내 눈빛이 거북했는지 혜나가 얼른 고개를 돌렸다. 에어컨도 틀지 않았는데 방 안 공기가 차갑게 가라앉았다.

"내 눈썹 없어진 것 같지 않아?"

이불 밑에서 꺼낸 손거울을 들여다보며 혜나가 딴 말을 했다.

"아니, 잘 모르겠는데. 내 눈엔 어제랑 똑같아."

"진짜지?"

"그런 거짓말을 왜 해?"

내 눈에도 혜나의 눈썹이 며칠 전보다 더 옅어지고 반 이상 눈썹이 지워진 것 같았다.

"새벽에 보니까 불이 켜져 있던데 늦게 잤어?"

"아닌데. 난 열한 시쯤 재까닥 자는 스타일이잖아. 너야말로 밤새 뒤척이는 눈치던데. 성적 떨어지는 것보다 몸 망치는 게 더 바보 같은 짓이야."

내 말은 듣는 둥 마는 둥 손거울에 바짝 얼굴을 들이미는 혜나 꼴이 눈에 거슬렸다. 절로 이맛살이 구겨졌다.

"눈썹, 눈썹도 옅어지고. 얼굴이 막 없어지는 것 같아."

혜나가 울먹이며 얼굴을 무릎에 파묻었다. 요즘 들어 혜나는 밤늦도록 잠을 못 이루고 뒤척였다. 계속되는 수면 부족으로 다크서클이 목까지 내려와 있었다. 잠들면 나쁜 일이 벌어질 것

갈다며 어젯밤엔 책상 위에 엎드려 쪽잠을 자는 눈치였다.

인강을 들으려고 헤드셋을 뒤집어썼다. 열두 시가 한참 지나서야 혜나는 잠이 들었다. 끊겼다 이어졌다 발랑대는 숨소리를 들으며 스탠드 불을 낮췄다. 이상하게 그런 날은 공부가 더 잘됐다. 새벽녘까지 책을 보다가 잠자리에 들었다.

"으아악!"

나쁜 꿈이라도 꿨는지 혜나가 벌떡 일어나 이불로 몸을 칭칭 감았다.

"이상한 소리 못 들었어?"

잔뜩 겁먹은 목소리로 혜나가 물었다.

"못 들었는데? 나 한 번 잠들면 업어 가도 모르잖아."

혜나가 발끝을 곧추 세우고 문 쪽으로 다가갔다. 흐린 달빛 때문인지 혜나의 그림자가 침대 발치까지 드리웠다. 혜나가 불안한 눈빛을 몇 번이나 보냈지만 난 본 척도 안 했다.

혜나는 몇 번이나 심호흡을 한 후에야 빼꼼 문을 열었다.

문밖으로 고개를 내밀었던 혜나가 뒷걸음질 치다 엉덩방아를 찧었다.

"저 소리……."

혜나가 바닥에 주저앉으며 손으로 귀를 틀어막았다.

"왜? 뭔데?"

재빨리 몸을 일으켜 방 밖으로 고개를 쑥 내밀었다. 무릎에 닿은 혜나의 등이 심하게 떨렸다. 복도 끝에서 낮고 음울한 소리가 들렸다.

달그락 딱, 달그락 딱…….

똑같은 속도와 일정한 보폭으로 발을 질질 끌며 걷는 슬리퍼 소리! 고개를 길게 뺐다. 머리카락으로 반쯤 가린 새하얀 얼굴은 코도 눈도 입도 없었다. 밀가루반죽 같은 얼굴에 눈이 있어야 할 자리는 시커먼 구멍이 뻥 뚫려 있었다. 온몸에 소름이 쫙 끼쳤다. 몇 발짝 가던 검은 덩어리가 갑자기 몸을 획 돌렸다. 헉, 숨이 멎었다. 눈을 질끈 감고 꽥 소리를 질렀다.

"무슨 소리가 난다고 그래? 아무것도 없는데."

나는 쫓기듯 침대로 뛰어가 이불을 뒤집어썼다. 벌렁대는 가슴이 좀체 가라앉지 않았다.

다음 날, 자정을 넘긴 시각에 얼굴 없는 검은 형체가 복도를 왔다갔다 했다는 괴담은 아이들 속으로 안개처럼 스며들었다. 이상하게도 그 검은 형체는 수연이가 나타나면 바람처럼 창문을 넘어간다는 소문도 함께 돌았다.

점심 때, 식당에서 수연이랑 부딪쳤다. 뒤늦게 나타난 수연이에게 자리를 양보하고 맨 뒷줄에 가 섰다. 수연이의 얼굴에 희미한 미소가 떠올랐다. 더 짙어진 눈썹과 새빨간 입술이 조금도 눈에 거슬리지 않았다. 가슴에 박하향이 퍼지는 기분이었다.

방에 들어서자마자 혜나는 배를 움켜잡고 화장실로 뛰어 들어갔다. 무슨 일 있냐는 내 말에 혜나가 울음을 참으며 말했다.

"생리 시작하려나 봐. 머리도 아프고 속도 미식거리고……."

혜나 말소리가 이불 속에서 웅웅거렸다.

그때 방문 두드리는 소리가 났다. 그 아이, 수연이였다. 여전히 후드티 차림이었다. 수연이가 분명한데 어딘가 수연이 같지 않기도 했다. 목소리도 갈라졌다. 아침나절에 몸이 안 좋아서 쉬겠다던 게 맞나 싶을 만큼 수연이는 멀쩡했다.

"여덟 시에 연못에서 보자. 나올 거지?"

깊게 뒤집어쓴 후드티 사이로 보이는 입술이 유난히 새빨갰다.

"그, 그게. 그럼……."

혜나가 들을까 봐 자꾸 침대 쪽으로 시선이 갔다. 말은 더듬었지만 포르테로 맞춰진 메트로놈보다 더 빠르게 고개를 끄덕였다. 심장 뛰는 소리가 들릴까 봐 숨도 쉬지 않았다.

"누군데?"

"옆방 수경이. 문제집 빌려 달래."

진통제를 갖다주겠다고 하자 혜나는 참을 만하다며 공벌레처럼 몸을 오그렸다. 혜나 때문에 이 기쁨을 누리지 못하면 안 되지. 볼이 움씰댔다. 나한테도 기회가 왔다고 생각하니 세상을 다 얻은 것 같았다.

"유진아, 수연이가 보자고 그럼 만날 거야?"

마치 엿듣기라도 한 듯 혜나가 신음 섞인 목소리로 물었다.

"왜? 만나면 어쩔건데?"

"수연이의 진짜 모습을 알면 후회할지 몰라."

나를 쳐다보는 혜나 얼굴에 그늘이 졌다. 네 자리를 뺏을까 봐 그러는 거 누가 모를 줄 알고. 내가 갈퀴눈으로 혜나를 째려보았다. 혜나가 무슨 말을 하려다 말고 다시 이불을 뒤집어썼다. 나는 터져 나오는 웃음을 참느라 급하게 입을 막았다.

여덟 시 다 되어서야 창밖이 어두워졌다. 1층으로 내려서자 불빛 환한 강의실이 쥐죽은 듯 조용했다. 다들 쪽지 시험 때문에 정신없이 문제집을 뒤적이고 있을 것이다. 수연이를 만나는데 그까짓 시험 안 보면 어때? 나는 빠르게 숲길로 접어들었다.

연못으로 가는 숲은 빽빽한 아카시아 나무와 상수리 나무들로 어둡고 음산했다. 웃자란 덩굴들이 얼굴과 팔을 긁어대고 산모기가 종아리를 물어댔다. 처음 듣는 풀벌레 소리조차 낯설고 섬뜩했다. 휴대폰 라이트앱을 켰지만 발밑은 허방 길이었다.

다리가 후들거렸다. 내 안에 웅크린 무서움을 쫓으려고 '강유진, 힘내' 하고 계속 중얼거렸다. 하필 왜 이렇게 어두운 밤에 보자는 건데. 원망과 의심은 희미한 물비린내 때문에 이내 수그러들었다.

라이트에 비친 연못은 깊이를 감추려는 듯 조용했다. 노랑가시연꽃이 무리지어 피어 있고 어둠에 뒤엉킨 물풀들이 바람도 없는데 휘청거렸다.

"왔네!"

검은 그림자가 일렁이더니 나무 뒤에서 수연이가 나타났다. 여전히 얼굴을 가린 후드티 차림이었다.

"너도 나처럼 되고 싶지?"

나는 거푸 고개를 끄덕였다.

"넌 왜 내가 되고 싶은데?"

"너처럼 1등 하고 싶으니까."

내 말에 수연이의 입꼬리가 살짝 비틀렸다.

"네가 그럴 만한 자격이 있는지 먼저 증명해야 돼."

이렇게 말하며 라이트를 끄라고 했다. 혜나를 보러 방에 찾아왔을 때도 그랬다. 불을 끄자 검은 후드티에 가려졌던 수연이의 얼굴이 희끔하게 드러났다. 빛이 없어서인지 하얀 물감으로 덧칠한 것처럼 눈도 코도 입도 뭉그러져 희끄무레했다.

"어떻게 하면 되는데?"

"하나가 없어져야 다른 하나한테 자리가 생기는 건 알지?"

그건 열 살이 지나면서 알게 된 세상의 법칙이었다. 원하는 것을 가지려면 어떤 식으로든 대가를 치러야 한다. 필요하다면 가차 없이 밟아야 하고 동정심 같은 건 금물이다.

"그럼 혜나를?"

"보기보단 머리가 좋네."

머리 좋다는 말에 나도 모르게 히죽 웃음이 났다.

"그런데 왜 나야? 다른 아이들도 많은데."

"엄청 절박해 보여서. 이날을 기다린 거 아니었어?"

수연이는 킬킬대며 내 앞머리를 들췄다. 얼굴에 닿는 입김이 에어컨 바람만큼이나 차가웠다.

"네 눈썹 진짜 예쁘다."

수연이는 내 앞에 바짝 얼굴을 들이밀고 손가락으로 눈썹 선을 찬찬히 그려나갔다. 손가락이 지나갈 때마다 몸에서 피가 새어나가는 것처럼 저릿했다.

죽을 때까지 비밀을 지켜야 한다며, 그걸 어기는 순간 내가 생각하는 것보다 훨씬 무서운 일이 벌어질 거라며 수연이는 몇 번이고 다짐을 받았다. 말할 때마다 역한 물비린내가 났다.

"이틀 안에 할 수 있지?"

"그렇게 할게."

수연이는 그만 가봐야 한다며 그 일을 끝내면 더 좋은 일이 생길 거라고 속삭였다.

수연이에게서 혜나를 떼어내는 비책은 이름과 생년월일을 적은 손수건에 혜나의 생리혈을 묻히고 혜나의 침대 매트리스 안에 넣은 후 새벽 한 시에 연못 쪽을 향해 주문을 외우는 것!

혜나 생일을 아는 건 식은 죽 먹기였다. 기숙학원에 오던 날이 자기 열여섯 번째 생일이라고 떠벌린 게 혜나였으니까.

제일 좋아하는 꽃무늬 손수건에 '김혜나'라는 세 글자와 생년월일을 검정색 유성펜으로 크게 썼다. 혜나의 생리혈은 화장실 휴지통에서 구했다.

"다나제이는너부전의너는나!!"

백 번도 더 연습했던 주문을 외우던 새벽, 혜나는 아픈 배를 끌어안고 침대에서 뒹굴었다.

다음 날 수연이는 내 자리까지 와서 두툼한 노트를 내밀었다. 아이들 눈이 모두 나에게 몰렸다. 부러움과 질투로 이글거리는 저 눈빛들. 어깨가 으쓱했다.

만점 노트에는 과목별로 요점 정리가 되어 있고, 예상문제와 출제 빈도가 일목요연하게 쓰여 있었다. 노트를 넘길 때마다 감탄사가 절로 나왔다. 이런 일이 나에게 벌어진 게 믿기지 않아 몇 번이나 허벅지를 꼬집었다.

서랍을 잠그지 않은 게 생각나서 미친듯이 방으로 돌아왔다.

책상 위의 수학 문제집과 단어장이 그대로 있는 걸 보니 혜나는 침대 속에서 꼼짝도 안 한 모양이었다. 책상에 앉아 느긋하게 노트를 펼쳤다.

"내, 내 얼굴이 이상해. 얼굴이 없어지고 있다고."

혜나의 발작이 다시 시작됐다. 반쯤 지워진 눈썹을 쥐어뜯으며 혜나가 자지러졌다. 그칠 것 같던 흐느낌은 점점 비명 섞인 울음으로 바뀌었다. 울음소리도, 슬리퍼를 끄는 듯한 소리도 귀에 들어오지 않았다. 난 혜나를 위해 1분도 빼앗기고 싶지 않았다. 공부에 방해가 되는 건 무조건 없어져야 해.

"혜나가 이상해요."

인터폰으로 연락 받은 원장이 몇 분도 안 돼 뛰어왔다. 원장이 방 안에 들어서는 걸 보자 책상에 바짝 몸을 붙였다.

"수연이가 네 칭찬을 많이 하던데, 정말 열심이구나."

원장이 다정하게 내 머리를 쓰다듬었다. 다른 말은 하나도 안 들리고 수연이가 칭찬했다는 말만 가슴을 채웠다.

원장은 이마에 주름살을 만들며 혜나를 멀거니 쳐다봤다. 원장을 발견한 혜나는 더 크게 소리쳤다. 비명 소리에 옆방 아이 몇이 뛰어왔지만 원장이 별일 아니라며 아이들을 내쫓았다.

"엄마한테 전화 좀 해주세요. 제발."

원장은 발버둥치는 혜나를 끌어안았다. 혜나가 원장의 어깨

너머로 눈알을 굴렸다. 아이들이 없다는 걸 확인하고서야 혜나가 떨리는 목소리로 원장에게 속살거렸다. 드문드문 수연이 이름과 귀신 어쩌고 하는 말소리가 들렸다.

"달걀귀신? 얘가 제정신이 아니네."

원장은 송충이를 떨어내는 양 기겁하며 혜나를 밀어냈다. 혜나가 간절한 눈빛으로 도와달라고 매달렸지만 차갑게 쏘아보았다. 원장은 혜나 휴대폰까지 뺏어 들고 방을 나갔다. 혜나의 울부짖음은 새벽녘까지 이어졌다.

다음 날, 교실로 들어오는 혜나를 원장과 선생님이 막아섰다. 혜나는 맥없이 이층 기숙사로 돌아갔다. 그 와중에도 나는 형광펜으로 칠해진 부분을 반복적으로 읽었다. 푸는 데 시간 걸리는 문제는 무조건 외웠다.

다음 날은 수학, 그다음 날은 과학……. 노트를 볼 때 나는 점점 유진이 아닌 '수연'이 되어갔다. 이상한 건 그런 내가 하나도 이상하지 않다는 거였다.

"그 노트 수연이 거 아니라는 거 너도 알지?"

"그래? 근데 그게 뭐?"

"우리가 알던 수연이가 아닐지도 모르는데. 넌 안 무서워?"

혜나가 떨리는 입술을 세게 깨물었다.

"1등 하는 게 중요하지 그딴 건 관심 없어."

내 말에 혜나 눈이 흔들리며 점점 커졌다.

이틀 뒤 나는 시험지를 보고 기절하는 줄 알았다. 형광펜으로 칠해진 부분이 모두 문제로 출제된 것이었다.

당당히 2등으로 올라간 날, 검은색 승용차가 기숙학원 안으로 들어왔다. 혜나 엄마가 휘청거리며 승용차에서 내렸다. 엄마 품에 안겨서도 혜나는 빨리 가자며 발버둥을 쳤다.

자가용에 올라탄 혜나는 차창 안에서 나를 오랫동안 쳐다보았다. 멍한 혜나의 눈빛은 자가용이 손톱만 한 크기로 줄어들 때까지 내 몸에 달라붙었다. 내 휴대폰으로 몰래 엄마에게 전화한 건 나중에야 알았다.

그날 자정 무렵, 수연이가 방에 찾아왔다. 며칠 사이 수연이의 얼굴은 몰라보게 달라져 있었다. 눈 코 입이 으깨진 두부처럼 뭉개져 징그럽고 기괴했다. 이렇게 가다가는 복도를 걸어 다니던 그 검은 덩어리처럼 얼굴 없는 귀신이 될 것 같았다.

수연이가 바짝 다가섰다. 순간 심장이 멎었다. 나는 얼른 눈에 잔뜩 힘을 주었다.

"내 이름은 진실이야, 오진실."

"네가 수연이든 진실이든 난 상관없어."

수연이 눈에 기묘한 웃음이 고였다.

"이제 수연이는 어떻게 되는데?"

"예전 얼굴을 되찾겠지만 멍청한 송수연으로 돌아가는 거지. 왜, 너도 그렇게 될까 봐 걱정 돼?"

뭉개진 입술을 비틀며 수연이가 빙긋 웃었다. 나도 마주 웃어주었다.

"네 눈썹 진짜 예뻐. 없어지는 게 아까울 정도야."

눈썹 위로 수연이의 차가운 손가락이 훑듯이 지나갔다. 숲을 비추던 가로등 불빛에 수연이의 얼굴이 덩어리져 보였다.

"내 얼굴이 되어주지 않을래? 수연이 얼굴이 지겨워졌거든."

'눈썹이 없어지는 것도, 얼굴이 없어지는 것도 난 괜찮아. 난 너처럼 1등이 될 거니까.'

나는 그 말을 꿀꺽 삼켰다. 창문에 비친 수연, 아니 진실이가 내 눈썹을 만지며 키득키득 웃고 있었다.

이웃집 구미호

윤해연

이명, 외부로부터 어떤 자극이나 소리가 들릴 만한 원인이 없음에도 불구하고 귓속 또는 머릿속에서 소리가 들리는 현상을 느끼며, 이 소리가 한 달 이상 지속 시 미칠 수도 있음.

지식인 창을 닫으며 소리에 집중한다.

나는 들리는데 남들은 듣지 못하는 이 소리는 무엇일까? 우주가 보내는 어떤 불길한 신호, 혹은 지구가 멸망한다거나 누군가 곧 사라진다는 은밀한 사인일지도 모른다.

벌써 석 달째다.

크크크큭

서건서건서건

끼이이이익

희히히히

하하하하하

처음에는 물건을 옮기는 소리라고 생각했다. 듣다 보니 누군가를 비웃는 소리 같기도 하고, 우는 소리 같기도 했다. 소리는 때를 가리지 않고 들렸다. 돌아버릴 것 같았다.

"소리가 들려요."

참다못해 엄마에게 말했다.

"지난번과 같은 소리?"

"네."

"아무 소리도 들리지 않는데, 예민해서 그런 거 아닐까?"

엄마는 벽에 귀를 대보더니 별일 아니라는 듯이 말했다.

며칠 후, 별일이 아니라는 반응과는 다르게 별일처럼 행동했다. 병원 예약 시간이 문자로 날아왔다.

"어떤 소리지?"

"그냥 소리요."

하얀 가운을 입은 젊은 남자는 연신 내 얼굴을 힐끔거렸다.

"오래된 냉장고에서 들리는 소리지?"

"오래된 냉장고에서 어떤 소리가 나는지 몰라요."

"선풍기 돌아갈 때 들리는 소음 같기도 하고?"

"그냥 소리라고요."

"귀에 벌레가 들어가거나, 염증이 있는 것도 아니고, 달팽이관에도 문제가 없어. 아무 이상이 없다는 거지. 게다가 네가 듣는 소리는 음폭이나 소리의 모양이 다양하고 특정한 장소에서만 들리니까 생활 소음일 수도 있어. 문제는…… 너한테만 들린다는 건데……, 이비인후과 소견으로는 그 부분에 대한 정확한 진단을 내릴 수가 없어."

내가 듣는 소리에 대해서 엄마가 미리 많은 정보를 준 것 같았다. 그럼에도 불구하고 내 귀에는 아무 이상이 없다고 했다. 소리는 존재하는 게 틀림없다.

진료 과목이 바뀌어 다시 한 번 문자가 날아왔다. 신경과였다. 지루한 질문이 가득한 서류지에 답을 적고, 커다란 원통에 누워 MRI를 찍었다. 병명은 이명이었다. 내게만 들리는 소리는 존재하지 않는 소리라고 강요하고 있었다.

새로운 습관이 생겼다. 존재하지 않는 소리를 찾아 밤마다 벽에 귀를 대고 있다. 마치 우주가 벽 너머에 있는 양, 우주의 소리를 한 음절까지 몽땅 찾아내겠다는 의지로 밤을 불태웠다.

어느덧 나는 온몸을 벽에 붙이고 있다. 몸으로 소리를 들을 수 있다면 낱낱이 듣고 싶었다. 소리의 정체를 찾아내야만 내가 살 수 있을 것 같았다. 이명 따위로 이곳에서 날 밀어낼 수는 없다. 분명히 옆집이다. 윗집도 아니고 아랫집도 아니고 옆집이다. 소리는 존재했고, 그 소리는 내 밤을 온전히 빼앗아 갔다.

미호가 그 집에 산다는 걸 새 학기가 되면서 알게 되었다. 우리 반 뻥쟁이 강미호.

"야, 이수호. 들었냐?"

진우가 저만치 앞서가는 미호를 보면서 물었다.

"뭐?"

"쟤네 아빠 대기업 부장 아니래."

"그게 중요한 거냐?"

"워워, 중요하지. 대기업 부장이 우리와 같은 싸구려 아파트에 산다는 게 말이 되냐? 분명히 그렇게 거짓말 하는 데에는 이유가 있다고. 자기 욕구를 거짓말로 포장하는 심리 말이야. 허언증도 병이라던데 혹시 그건가?"

바짝 올려 묶은 미호의 머리가 걸을 때마다 살랑살랑 흔들리고 있었다.

지난 주말에 미호는 싱가포르에 있는 디즈니랜드에 다녀왔다고 했다. 지난달에 다녀왔다던 일본 고양이 마을과 몽골까지 거짓말 3탄이 터진 후였다. 담담하게 말하는 미호의 얼굴은 결코 무난하지 않았다.

미호가 아이들한테 표적이 된 것은 거짓말도 있지만 외모도 한몫했다. 유난히 하얀 얼굴에 유난히 붉은 입술은 평범한 얼굴을 특별하게 만들었다. 담임도 미호가 화장을 한다고 오해할 정도였다. 실제로 화장을 하는 여자애들은 그런 미호를 시기했고, 남자애들도 가까이 하기엔 위험부담이 있는 존재라고 생각했다. 괜히 엮이다가는 세트로 뒷담화 주인공이 될 터였다.

학원이 끝나고 집에 가는데 미호가 앞서 걷고 있었다.

걸음에 맞춰 묶은 머리가 시계추처럼 흔들거렸다.

미호가 아파트 단지 안으로 들어가고 있다. 마주치고 싶지 않아서 일정한 거리를 두고 걸었다. 출입구 비밀번호를 누르는 입구에서 미호가 갑자기 뒤돌아섰다. 나를 기다리고 있는 듯했다. 가까이 다가가는데 가슴이 두근거렸다.

"안녕!"

미호가 손을 흔들었다. 마치 어제도 그제도 인사를 한 것처럼.

"어, 어. 안녕……."

"너 우리 옆집에 살지?"

"으, 응."

"반갑다. 사실 벌써 알고 있었는데 네가 워낙 말이 없어서 말 붙이기가 어렵더라."

미호는 말이 끝나자마자 하얀 이를 드러내며 웃었다. 붉은 입술이 저절로 벌어졌다.

"아……."

어정쩡한 대답이 나도 모르게 나왔다.

"너 먼저 들어가. 난 우리 엄마가 온다고 해서 잠깐 기다리려고."

"그, 그래."

왜 이렇게 가슴이 뛰는 걸까? 엘리베이터를 타서도 뛰는 가슴이 진정되지 않았다. 백 미터 달리기를 하고 온 것처럼 방망이질을 해댔다. 서둘러 현관문을 열고 들어가 뛰는 가슴을 다독거렸다. 아니, 미호를 기다렸다.

진우 말처럼 미호는 알 수 없는 힘으로 남자 애들의 관심을 끌었다. 차가운 것 같으면서도 친절하고, 친절한 것 같은데 도도했다. 몇몇 애들이 미호한테 사귀자고 했다가 차였다는 건 공공연한 비밀이었다. 차인 녀석들은 더 악의적인 소문을 가지고 돌아왔다. 어쩌면 '뺑쟁이 미호'는 그렇게 만들어진 건지도 모르겠다.

띵!

잠시 후 엘리베이터 멈추는 소리가 들렸다.

스으윽!

엘리베이터 문이 열리는 소리, 나도 모르게 현관문에 달린 구멍을 통해 밖을 내다봤다.

미호가 막 엘리베이터에서 내렸다. 기다리겠다던 엄마는 없었다.

1초.

2초.

3초…….

미호는 마치 얼음처럼 움직이지 않았다. 석고상처럼 자기네 문을 뚫어지게 보고 있는 것 같았다.

마른 침을 꿀꺽 삼켰다.

그때였다. 미호가 서서히 고개를 돌리더니 우리 집을 보았다. 아니, 구멍 속의 나를 보는 것 같았다. 순간 뒤로 물러서다 넘어질 뻔했다. 마치 내가 여기 있다는 걸 알고 있는 것 같았다. 살짝 소름이 돋았다.

밖은 조용했고 모든 것이 정지된 것 같았다.

조심조심, 살금살금, 다시 문 앞으로 다가갔다. 구멍에 눈을 대고 밖을 내다봤다.

헉!

구멍 안이 꽉 차게 미호의 눈이 거기에 있었다.

내 눈을 기다리고 있었다. 미호의 붉은 눈이.

그날 밤, 나는 온갖 소리에 시달렸다. 다른 날보다 더 많은 소리가 섞여 있었고, 오랜 시간 동안 들렸다.

속닥속닥

클클클클클클클

끼끼끼끼끼끼끼

흣흣흣흣

엄마 방으로 당장 쫓아가고 싶었지만 그러지 않았다.

지난번처럼 엄마가 쫓아오고, 경비 아저씨가 쫓아오고, 이렇게, 크게, 똑똑히, 들리는데 아무것도 들리지 않는다고 하면서 나를 정신병자로 만들 것이다.

'아무 소리도 들리지 않는다.'

'아무 소리도 들리지 않는다.'

주문을 외웠다.

이어폰을 귀에 꽂고 음악을 크게 틀어도 소리는 음악 사이를 비집고 들어왔다.

다음 날, 미호를 보면 단단히 따져 묻겠다고 다짐을 하고 학교에 갔다. 하지만 그 애 얼굴을 본 순간 자신이 없었다. 내가 본 붉은 눈은 미호의 미소 속에서도 선명하게 기억났다. 밤새 수없이 지워버린 눈이었다.

5교시 체육 시간이었다.

남자아이들은 일찌감치 체육복으로 갈아입고 운동장에 모여 있었다. 몇몇 여자아이들과 체육 선생님도 걸어오고 있었다.

우리 반 반장이 체육 선생님에게 다가가는 게 보였다. 무엇인가 얘기를 주고받았고 체육 선생님이 급하게 건물 안으로 뛰어갔다. 뒤이어 아이들도 우르르 건물 안으로 뛰어 들어갔다.

"무슨 일이야?"

진우에게 물었다.

"몰라, 교실에 무슨 일 있나 봐. 우리도 가보자!"

진우가 뛰기 시작했다.

많은 아이들이 창문에 매달려 교실 안을 보고 있었다.

교실 안에 체육 선생님, 담임도 있었고, 보건 선생님도 와 있었다. 그리고 그 가운데 서 있는 건 강미호였다.

보건 선생님이 미호를 데리고 나가자 담임이 미호의 가방을 뒤지기 시작했다. 가방에서는 교과서 대신 엉뚱한 책들이 나왔다. 『여우의 세계』, 『동물 대탐험』……. 우리들이 읽어대는 책과는 거리가 있었다. 작은 스케치북과 미술용 연필도 나왔다.

담임은 지금 일어난 일과 연결되는 단서를 찾는 것 같았다. 미호의 가방에서 쏟아지는 것들은 점점 더 미호를 알 수 없게 만들었다.

그때였다. 가방에서 무엇인가 툭 하고 떨어졌다. 붉은 구슬이 데구르르 굴러서 내 발등에 와서 멈춰 섰다. 아이들 시선이 구슬을 따라 이동했다.

"와아아!"

곧이어 탄식 같은 환호성이 들렸다. 시선은 환호성을 따라 담임이 들고 있는 스케치북을 향했다.

담임이 펼친 스케치북에 미호가 그린 여우 그림이 있었다. 연필로 그린 그림은 기괴했다. 여러 개의 꼬리가 여우 몸을 감싸고 있는데 마치 그 꼬리 때문에 고통스러워 보였다. 유일하게 붉게 칠한 여우 눈이 슬퍼 보일 정도였다.

고개를 숙여 발밑에 있는 호두알만 한 구슬을 쳐다봤다. 주우려고 손을 뻗는 순간 구슬이 반짝 빛을 냈다. 나도 모르게 흠칫하며 두어 걸음 물러섰다. 아주 잠깐이었지만 분명했다. 반장이 달려와 구슬을 주웠을 때는 빛을 잃은 채였다. 담임은 구슬과 함께 나머지 물건들을 도로 챙겨 교실을 나갔다.

"미호가 그린 거야?"

"모르지. 미호가 그림을 잘 그렸나?"

"모르겠는데?"

아이들은 그림에 대해서 떠들었지만 나는 구슬이 더 궁금했다. 스스로 빛을 내는 구슬이라니 어디에서도 보지 못한 것이다.

"여우도 아픈 것 같더라. 걔도 맞은 거 아냐?"

여자애들은 야단스럽게 웃어댔다.

"어쩐지 이상했어. 체육복 갈아입을 때마다 화장실 가서 입더라니. 문 안 잠그고 갈아입은 게 실수라면 실수지."

"너도 봤구나?"

"봤어. 상처가 한두 군데가 아니더라고."

"멍만 든 것도 아니고 아문 상처도 꽤 많았어. 근데 울지도 않더라."

여자아이들은 자기가 본 것을 말하기 시작했다.

"넘어졌다면서?"

"아냐, 침대에서 떨어졌다고 하던데."

"그걸 믿냐?"

"보나마나 거짓말이야."

남자아이들은 여기저기서 들은 것들을 얘기했다.

미호가 돌아온 것은 수업이 끝난 후였다. 그사이 미호네 부모님이 왔다는 소리도 있었고, 진상 조사를 위한 회의가 있었다고도 했다. 하지만 교실로 들어온 미호는 아무렇지 않은 표정이었다. 너무 말짱한 얼굴이어서 아이들이 뭘 보고 한 소리인지 의심이 갈 정도였다.

"괜찮아?"

아이들이 미호에게 우르르 몰려가 물었다.

"너희들이 오해한 거야."

"부모님도 오셨다면서?"

"아니야, 통화만 했어. 침대에서 떨어졌다니까."

"무슨 침대에서 떨어졌는데 온몸에 멍이 드냐? 거짓말 좀 그만해라."

"내 침대 이층 침대야. 내가 깜빡하고 받침을 내리고 자서 그래."

"야, 강미호! 너 혼잔데 이층 침대 쓴다고?"

"진짜야. 사촌들이 자주 놀러 와서 이층 침대를 쓰고 있어."

미호를 걱정해서 하는 말들이 아니었다. 마치 미호의 거짓말에 아이들이 따지고 있는 것처럼 들렸다.

의심은 의심을 만들고 의심은 의심을 만들었다. 거짓말은 거짓말을 만들고 거짓말은 거짓말을 만들듯이.

며칠 동안 미호는 상담실로 뻔질나게 불려갔다. 그사이 미호의 새빨간 거짓말은 나날이 커져 가고 있었다.

자기네 엄마가 태어난 곳은 일본이라고 했다. 그래서 일본 사람이냐고 아이들이 물었더니 그건 또 아니라고 했다. 사촌들이 전 세계에 뿔뿔이 흩어져 산다는 거짓말은 황당하기까지 했다. 캐나다, 노르웨이, 일본, 미국, 심지어 몽골에 사는 사촌도 있다나?

상처를 감추기 위해 미호는 필사적으로 거짓말을 늘어놨다.

행복한 집에 사는 안전한 아이라고 포장하기에는 그 거짓말이 현실적이지 않았다. 진짜 안전한 아이들은 포장하지 않아도 안전해 보이기 때문이다.

아이들이 미호를 중심으로 차곡차곡 많은 말들을 쌓기 시작했다. 거짓말과 알 수 없는 일들에 말들이 덧붙여지면서 눈덩이처럼 커져가고 있었다.

미호는 그런 아이들을 서늘하게 바라보았다. 웃다가 바뀌어버리는 표정은 마치 순식간에 변하는 가면 같았다. 그럴 때마다 나는 미호의 붉은 눈이 떠올랐다. 내 발등에 와서 빛을 내던 붉은 구슬이 잊히지 않았다.

그리고, 미호의 아빠가 새아빠라는 소문이 돌았다. 순식간에 미호는 새아빠한테 맞는 아이가 되어버렸다.

여름방학이 시작되었고 과학 논술 학원을 등록했다. 학원을 네 개나 다녀도 내게는 시간이 남아돌았다.

엄마는 늘 바빴고, 시간이 없어 보였다. ……그래서 다행인가?

미호와 나는 가끔 마주쳤다. 아파트 입구에서, 놀이터에서, 학원 앞에서, 심지어 엘리베이터 안에서도. 미호를 볼 때마다 이상하게 싫었다. 정확하게 말하자면 나는 미호가 무서웠다.

지독하게 더웠던 어젯밤, 소리 때문에 내가 여기서 뛰어 내린다고 해도 이상하지 않을 일이었다.

가까스로 잠이 들었던가. 미호가 붉게 충혈된 눈으로 날 뚫어지게 바라보는 꿈을 꾸었다. 밤새 붉은 눈을 피해 도망 다녔고, 결국 그 시선을 피하지 못한 채 미호와 마주 섰다. 미호는 입에 붉은 구슬을 물고 있었다. 미호의 입에서 내 입으로 구슬이 넘어왔다. 난 구슬을 삼키며 배 아래쪽에 묵직한 통증을 느꼈다. 가위에 눌린 채 잠에서 깼다. 처음으로 몽정을 했다. 나도 모르게 욕이 튀어나왔다.

학원 가방을 들고 나왔을 때 비가 오고 있었다. 비가 오려고 그렇게 더웠던 걸까?

"어디 가?"

우산을 펴려는데 뒤에서 미호 목소리가 들렸다. 온몸이 저절로 움찔하며 우산을 든 손이 떨렸다. 아무렇지도 않은 척하며 우산을 폈지만 우산 끝은 미세하게 떨리고 있었다.

"학원."

"저 앞 편의점까지만 데려다줘. 우산 가지러 올라가기 귀찮아서."

미호가 내 우산 속으로 자연스럽게 들어왔다.

"너 학원 열심히 다니더라. 난 잘 빠지는데."

미호를 슬쩍 보았다. 미호의 맨살에 닿지 않도록 최선을 다했다.

"아, 오해하지 마. 이거 식탁 모서리에 부딪친 거야."

미호가 얼른 얼굴의 상처를 가리며 말했다. 입 주위가 빨갛게 부어 있었다.

"……."

"넌 안 물어보네?"

"뭘?"

간밤에 꾼 꿈 때문에 잔뜩 긴장한 터라 나도 모르게 화들짝 놀라며 되물었다.

"왜 다쳤냐고 안 물어봐?"

"네가 말해줬잖아."

"너도 거짓말이라고 생각하는 거지?"

"……."

"거 봐. 말 안 하는 거 보니까 너도 그렇게 생각하는 거 맞네."

"……어젯밤 왜 그렇게 시끄러운 거냐?"

미호의 거짓말보다는 그게 더 궁금했다. 준비하지 않은 질문이 불쑥 튀어나왔다.

미호가 갑자기 멈춰 섰다. 어쩔 수 없이 우산을 든 나도 걸음을 멈추어야 했다.

"소리? 무슨 소리?"

"한밤중에 너희 집에서 들리는 소리."

"그게 들려?"

"그럼 안 들리냐? 그렇게 시끄러운데?"

"……."

미호는 아무 말도 하지 않고 다시 걷기 시작했다. 묘한 기운이 우산 속을 맴돌았다. 우산을 든 팔에 오소소 소름이 돋았다.

"고마워. 다음에 또 보자."

편의점이 보이자 미호가 뛰어나갔다.

잠시 편의점 안을 돌아다니는 미호를 보다가 학원으로 향했다. 비가 더 많이 내리고 있었다.

미호는 분명히 소리에 대해서 알고 있었다. 존재하는 소리란 걸 확인한 셈이다. 그런데 왜 그렇게 놀란 걸까? 얼굴에 난 상처보다 들키지 말아야 할 것을 들킨 것 같았다.

수업이 끝나고 1층으로 내려왔을 때 미호가 날 기다리고 있었다. 우산은 여전히 들고 있지 않았다.

"집에 갈 거지?"

"왜?"

"아까 하다 만 얘기가 있어서."

"걱정 마. 상처에 대해서 애들한테 얘기 안 할게."

"얘기해도 상관없어. 그 소리 말이야, 언제부터 들렸어?"

"……."

"우리 집에서 무슨 소리가 난다면서?"

"맞구나?"

"……사촌들이 자주 와. 그냥 놀이 같은 거야."

"먼 곳에 산다는 그 사촌?"

"응. 이것도 어제 놀다가 이랬어."

미호가 얼굴에 난 상처를 만졌다.

"놀려고 일부러 온다는 거야?"

"그렇대도."

내가 들은 거짓말 중 가장 멍청한 거짓말이었다. 먼 나라에 사는 사촌들이 단지 놀려고 한 달에 몇 번씩 서울 집에 온다니, 새빨간 거짓말을 눈 하나 깜빡이지도 않고 하고 있었다.

"사촌들이랑 사이가 무진장 좋은가 보다?"

나도 모르게 잔뜩 비꼬는 소리로 물었다.

"많지 않으니까."

미호는 비꼬는 소리를 알아채지 못한 걸까. 아쉬워하는 게 역력했다.

"흣! 나도 사촌이 있는데……."

"그래? 몇 명이나?"

"아니다……."

얼른 내가 한 대답을 주워 담았다. 쓸데없는 얘기를 꺼내다니 나답지 않았다.

"난 사촌이 일곱 명이야. 언니도 있고 오빠도 있는데 동생은 없어. 그게 제일 아쉬워. 오빠는 몽골에서 사는데 정말 멋진 곳이야. 너른 들과 불타는 산은 내가 제일 좋아하는 곳이지."

"불타는 산?"

"아, 붉은 바위가 있는 산을 나는 그렇게 불러. 거길 달릴 때 얼마나 신이 난다고……."

"좋겠네……."

점점 늘어나는 거짓말을 듣고만 있었다. 그런데 듣다 보니 살짝 부럽기까지 했다. 그게 뻔한 거짓말인줄 알면서도 사실처럼 말하는 미호가 신나 보였고 어딘가 들뜬 사람처럼 보였기 때문이다.

"사촌들은…… 아빠를 싫어해. 아빠가 없을 때만 우리 집에 와. 불편하지만 어쩔 수 없어. 좋은 게 있으면 나쁜 게 있고, 나쁜 걸 참아야 한다는 것도 알고 있거든. 다 가질 수는 없더라. ……수호야?"

미호가 다정하게 나를 불렀다.

"아무한테도 말하지 말아줄래?"

미호를 쳐다봤다. 미호는 앞만 보고 있었다. 전에 보았던 붉은 눈은 상상할 수도 없는 맑은 눈이었다.

"걱정 마. 아무도 안 믿더라. 우리 엄마도, 경비 아저씨도 안 들린대."

"벌써 얘기한 거야?"

"당연하지."

"……아빠가 이사 가자고 하겠네."

미호가 고개를 푹 숙이며 중얼거렸다.

"새아빠?"

"너도 알고 있구나? 하긴 비밀은 아니니까."

"아니…… 뭐……."

"그렇다고 오해하진 말아줘. 새아빠지만 좋은 분이셔."

미호가 얼굴에 난 상처가 불편한지 입을 오물거렸다.

"이사는 왜 가야 하는데?"

"아빠가 알았으니까."

오늘따라 금세 아파트에 도착했다. 비도 서서히 그치고 있었다.

엄마가 장을 가득 봐 왔다. 달랑 두 식구라서 장을 많이 보는 일은 흔치 않은 일이다.

"내일부터 휴가야."

식탁 위에 사 온 물건을 꺼내면서 말했다.

"네."

"어디 가고 싶은 데 있으면 말해봐."

"……없어요."

"아빠한테 갈까?"

"아빠요?"

"응."

"무덤도 없잖아요. 어디로 가요?"

"아빠 유골 뿌린 강 있잖아. 거기로 가면 되지."

"……맘대로 하세요."

엄마와 나는 간만에 저녁을 함께 먹었다. 엄마는 밥을 먹으면서 책을 보았고, 나는 밥을 먹으면서 휴대폰을 보았다.

"옆집도 휴가 간다더라."

엄마 눈은 계속 책을 훑고 있었다.

"휴가요?"

"옆집 애랑 같은 반이라면서 몰랐어?"

"안 친해요."

"미호라는 애는 너랑 친하다고 하던데? 어디 먼 곳에 가나 보더라. 겨울용 어그 부츠까지 샀더라고. 방학 내내 거기 있다 올

거라나…….”

엄마는 다 먹은 그릇을 옆으로 밀어놓고 과일을 깎기 시작했다. 나는 다 먹은 그릇을 싱크대 안에 넣었다.

“과일 안 먹을래?”

방으로 들어가려는데 엄마가 물었다.

“배불러요.”

잠시 후 엄마가 내 방으로 깎은 과일을 가지고 들어왔다.

“요즘은 소리 안 들리니?”

“안 들려요. 제가 잘못 들었나 봐요.”

“다행이네. 그것 때문에 경비 아저씨랑 안 좋았는데.”

“왜요?”

“이명이 아니고 진짜 네 말처럼 층간 소음일 수도 있잖아. 꼭 옆집이 아니어도 위나 아래에서 들릴 수도 있거든. 어쨌든 다른 집도 조사해달라고 했어. 그런데 이 아파트, 오래전에 지었지만 층간 소음으로 인한 신고가 한 번도 없었대. 너무 자신만만하게 얘기해서 좀 다퉜어.”

“아, 네…….”

“공부 좀 살살해. 소리 들리면 엄마한테 꼭 말하고.”

“네에……. 고맙습니다.”

마지막 소리는 아주 작게 나왔다.

"고맙긴. 엄마잖아."

엄마가 방을 나갔다. '엄마잖아.' 그렇게 말을 하고.

엄마, 새엄마랑 산 지 꼭 2년이 되었다. 사실 아빠가 살아 있을 땐 그냥 '엄마'라고 불렀다. '새엄마'라는 말이 더 이상했기 때문이다. 그런데 지금은 '엄마'라고 하는 게 자꾸만 낯설다.

아빤 우리 둘만 두고 죽어버렸다. 새엄마랑 나만 두고.

새엄마는 아빠랑 한 결혼이 처음 하는 결혼이다. 처음 한 결혼에 다 큰 애가 생겨버렸고, 처음 한 결혼에 남편이 2년도 안 돼 죽어버린 것이다.

새엄마는 아빠가 죽어버리자 더 이상 엄마가 아니었다. 당연했다. 새엄마와 나를 연결했던 끈이 없어졌으니 버림받아 마땅했다.

그 일이 있은 후 나는 큰아빠 집에서 살게 되었다. 내게도 사촌이 있다. 두 살 차이 나는 쌍둥이들이 내 사촌이다. 일방적으로 나만 맞은 것은 아니었다. 나 역시 최선을 다해서 쌍둥이들을 때렸다. 단지 쪽수가 불리했을 뿐이다.

불행하게도 최선의 선방이 치명타를 입혔다. 하필이면, 내가 던진 연필통에 많은 필기도구가 있었고 쌍둥이 중 한 명이 그 흉기에 다치고 말았다. 녀석은 한쪽 시력을 잃게 되었다.

나는 사고로 죽은 아빠 욕을 했다. 얼굴도 생각나지 않는, 오래전에 죽은 엄마를 원망했다. 새엄마가 날 데리러 온 날 한편 안심이 되었다. 녀석의 눈을 보면서 평생 그 집에서 살 자신이 없었다. '엄마'라고 부르는 게 이상해졌지만 이편이 나았다.

캬캬캬캬캬

크크크크크

끼이익끼이익끼이익끼이익

우우우우우우

더 이상 참을 수가 없었다. 이번에는 저녁이 막 지난 시간이었다. 아까 엘리베이터 안에서 만난 미호 아빠가 생각났다. 미호가 말한 사촌들은 코빼기도 볼 수 없었다. 상상하고 싶지 않지만 자꾸만 상상하게 된다. 손바닥으로 벽을 쳐댔다. 책을 집어던져도 소리는 계속되었다. 미호에게 무슨 일이 벌어지고 있는 게 분명했다.

책꽂이에 있는 책을 다 던지고 나서야 정신이 들었다. 참다못해 벽을 향해 있는 힘껏 주먹을 날렸다. 미호 전화번호를 찾기 시작했다. 비상연락망 전단지를 나눠준 것 같은데 아무리 책상을 뒤져봐도 보이지 않았다. 순간 휴대폰 단톡방이 생각났다. 미호에게 개인 메시지를 보냈다.

-나 수호야. 잠깐 보자.

들리는 소리가 별 게 아니라면 내 메시지에 답장이 와야 한다.

5분, 10분, 시간은 자꾸 가고 있었다. 그사이 소리는 점점 수그러들었다.

-지금?

한참 만에 답장이 왔다. 내 심장이 타들어가는 것 같았다.

-응.

-나, 바쁜데.

-그럼 너희 집으로 갈게. 잠깐 보자.

-……

메시지는 확인했는데 답이 없다. 휴대폰 화면을 뚫어져라 쳐다봤다. 깊은 침묵이 그곳에 있었다.

-알았어. 놀이터에서 기다려.

잠시 멈춘 숨을 그제야 쉴 수 있었다.

한참을 기다려도 미호는 나오지 않았다. 부어오른 주먹이 시큰했다.

저만치 미호가 오고 있었다. 걷는 게 어딘지 모르게 불편해 보였다. 저 밑바닥에서부터 짜증이 밀려왔다. 최대한 아무렇지 않게 미호에게 물었다.

"왜 그러냐?"

"뭐가?"

"다쳤어?"

"아, 다리……. 살짝 삐었어."

묵직한 답답함이 가슴을 억눌렀다. 비가 온 다음이라 놀이터에 있는 의자가 아직 젖은 채였다. 앉으라고 하고 싶었지만 앉을 곳이 없었다.

"너, 누구한테 맞는 거라면 빨리 도움을 청해라."

"역시 그거구나?"

미호가 웃었다.

"새아빠나 새엄마가 다 나쁘다고 말하는 거 아니야. 하지만 나쁜 사람도 있으니까……. 대신 넌 엄마가 있잖아."

"너희 엄마처럼?"

미호 말에 가슴이 쿵 내려앉았다.

"우리 엄마 알아?"

"너희 엄만 좋은 사람이더라."

"네가 어떻게 알아?"

"우리 친해."

미호가 다시 한 번 웃었다. 상처투성이 강미호는 나에 대해서 무엇인가 알고 있었다. 나와 엄마에 대해서 알고 있는 걸까? 내가 왜 큰아빠네 집에서 쫓겨난 건지 알고 있나? 갑자기 화가 났다. 내 이야기를 함부로 한 엄마한테도, 그걸 들은 미호에게도 분노가 치밀었다.

"뭐야? 네 거짓말 다 보여. 사촌들이 아직도 안 간 거야? 멀리서 왔다는 그 사촌들 말이야. 그걸 누가 믿겠냐? 그 소리, 무슨 소린지 나도 알고 있거든. 다리 삐었다는 것도 거짓말이잖아. 그 소리가 들릴 때마다 네가 다치는 거 다 안다고. 새아빠가 나쁜 사람이라고 너희 엄마한테 말해. 바보처럼 참지 말란 말이야. 무섭냐? 버림받을까 봐 무섭냐고? 넌 엄마가 있잖아. 나처럼 아무도 없는 게 아니잖아."

알려주고 싶었다. 무엇이 진실인지, 똑똑한 척하는 거짓말쟁이에게 알려주고 싶었다.

"수호야……."

"뭐?"

손등으로 눈을 비벼댔다. 자꾸만 눈이 따끔거렸다.

"……넌, 아무도 없지 않아. 너희 엄만 널 버리지 않을 거니까."

마치 부드러운 솜털처럼 말했다. 나지막이 하는 말에 그만 터져버리고 말았다.

"너 재수 없어! 네 거짓말도 재수 없고, 아무렇지 않은 척하는 것도 재수 없다고!"

젖은 의자에 털썩 주저앉았다. 무릎에 얼굴을 묻었다.

이상한 일이었다. 슬픈 일도 없는데 억울한 일도 없는데 자꾸만 눈물이 났다. 화를 내야 하는데, 잘난 척하는 미호에게 화를 내야 하는데.

"지금 새아빠는 네 번째 아빠야. 첫 번째 아빠는 거짓말쟁이였어. 거짓말을 너무 해서 나랑 우리 엄마가 힘들었어. 두 번째 아빠는 나쁜 사람이었어. 자꾸만 나를 만졌거든. 세 번째 아빠는 엄마를 때렸어. 다들 나쁜 아빠들이었지."

미호는 엄청난 이야기를 남의 일처럼 말했다.

"……지금 아빠는 우리 비밀을 다 알고 있어. 그걸 지켜준다면 나는 견딜 수 있어. 얼마 남지 않았거든."

들키고 싶지 않은 비밀을 미호도 가지고 있었다. 마주하고 싶지 않은 비밀을 평생 품고 산다는 건 바위를 끊임없이 굴려서 산 정상에 올려놓는 거랑 똑같다. 언제나 바위는 정상에 도착하기 전에 내리막을 내달린다. 끊임없이, 끊임없이.

"계속 참겠다고?"

"간신히 여기까지 왔는데 다 망칠 순 없어."

"멍청하게 굴지 마. 그러다 네가 죽을 수도 있어."

"네 걱정이나 해. 너도 소리가 들린다면서?"

"그 소리랑 무슨 상관인데?"

"소리가 들린다는 건 아프다는 거야."

"뭐가 아파? 난 아무렇지 않거든?"

"거짓말!"

"……."

"세상에는 네가 모르는 일들이 아주 많아. 거짓말 같지만 진짜 같은 이야기 말이야. 너한테만 들리는 소리도 그런 이야기일걸?"

"나한테만 들린다는 거 어떻게 알았어? 우리 엄마가 말했냐? 나 정신병자라고?"

"아니, 너만 들린다는 거 알아. 이건 그 소리에 대한 이야기니까."

미호는 내가 듣고 싶지 않다고 했는데도 제 말을 늘어놓기 시작했다.

미호와 미호 엄마는 사람과는 다른 종족이라고 했다. 아무렇지 않게 너무도 자연스럽게 말해서 순간 사실일지도 모른다고 생각했다.

흩어져 사는 미호의 사촌들이 오는 이유는 간단했다. 미호와 같은 종족들은 그 숫자가 얼마 남지 않아서다. 언제 사라진다 해도 이상한 일이 아니었다. 그만큼 서로의 안부가 중요했다. 미호가 슬픈 일을 당하고 나면 그들은 함께 울어준다.

상처를 핥아주며 부르는 노래는 수없이 반복된다. 살아남기 위해서 사람의 믿음이 절대적으로 필요한 종족, 선한 마음으로 인간과 천 일을 살아야만 사람이 되는 종족은 가혹한 운명을 가지고 있는 셈이다.

"천 일? 고작 3년이야? 시시하게……."

"그치? 시시하지? 그런데 엄마와 나에게 온전한 천 일을 선사해준 아빠는 없었어."

천 일, 언젠가 티브이에서 사랑이 지속되는 시간이 천 일이 채 안 된다고 했다. 사랑의 유예기간이 끔찍하게 짧은 셈이다. 그렇다면 선하지 못한 본성을 참고 견디는 데 필요한 시간은 얼마일까? 미호와 미호 엄마의 천 일은 끊임없이 바위를 굴리며 올라가야 하는 고통의 시간이었을 것이다. 끔찍하게 긴 천 일은 다른 속도로 지나가고 있었다.

"그래서 다 죽여버렸어."

"누굴? 아빠들을?"

미호는 대답하지 않았다.

나도 그게 사실인지 더는 묻고 싶지 않았다.

서늘한 바람이 더운 공기를 갈랐다. 놀이터 가로수 잎이 사르륵 떨렸다.

바지 속에 있는 휴대폰 벨이 울렸다. 한동안 벨소리를 듣고만 있었다.

"전화 받아."

"……괜찮거든."

엄마였다.

미호가 말없이 놀이터 안쪽으로 걸었다. 가로수 아래 으슥한 곳이었다. 멍한 표정으로 미호의 뒷모습을 바라보았다.

"괜찮아?"

미호의 등이 잔뜩 움츠려 있다.

"으, 응……."

잠시 후 돌아온 미호가 붉은 구슬을 내밀었다. 지난번에 보았던 그 구슬이었다.

"뭐야?"

"가져."

"이게 뭔데?"

"아픈 걸 위로해주는 구슬."

"난 필요 없어."

"그냥 가지고 있어."

미호가 내 손에 억지로 구슬을 쥐어주었다. 미호의 차가운 손이 내 손바닥을 감싸 안았다. 구슬은 따뜻했고 붉은 빛을 내고 있었다.

"넌, 날 이상하게 보지 않는 유일한 친구야."

미호는 한쪽 다리를 절며 멀어져갔다.

미호의 말은 틀렸다. 수없이 미호를 이상하게 바라봤다. 이상한 사람들은 남들이 듣지 못하는 걸 듣고, 보지 못하는 걸 본다. 이상한 사람은 이상한 사람을 알아본다. 내가 미호를 알아본 것처럼.

다음 날 미호네는 아주 긴 휴가를 떠났다. 미호가 떠나자 소리도 거짓말처럼 사라졌다. 상처를 위로하기 위해 불렀던 그들의 노래가 왜 나한테만 들렸는지 궁금하지 않다. 하지만 분명히 신호였다. 미호가 내게 보낸 신호였고, 내가 미호에게 보낸 신호였을지도 모른다.

휴가 내내 엄마와 나는 집에만 있었다. 학원도 일주일 동안은 방학이라 나갈 일이 없었다. 꼬박꼬박 함께 밥을 먹었고, 각자의 일을 했다. 나는 그날그날 숙제를 밀리지 않았고, 엄마도 미루었던 옷 정리랑 청소를 했다. 여전히 엄마와 나는 많은 말을 주고받지 않았다. 밥을 먹으면서 책을 읽는 엄마가 이젠 익숙했다. 밥을 먹으면서 휴대폰을 보는 나한테 잔소리를 하지 않는 것도 같았다.

"과일 먹을래?"

설거지를 하면서 엄마가 물었다.

"아뇨, ……커피 마실래요."

"커피? 다 컸다 이거지? 그래도 이번만이야. 키 안 큰대."

엄마가 웃으며 커피포트 스위치를 올렸다.

"참, 그거 아니?"

"뭐요?"

식탁을 다 치우고 의자에 앉았다.

"우리 아파트에서 여우 키우나 봐."

"여우요?"

"가끔 여우 소리가 난다고 신고가 들어왔다는데 넌 못 들었니?"

"……아니요."

"그것도 한두 마리가 아니라 여러 마리가 우는 소리였대. 요즘은 반려동물로 여우도 키우나? 해외 가십에서 읽은 것 같기는 한데 설마 우리 아파트에서도 키우는 걸까? 진짜 이상한 일이지 않니? 이런 아파트촌에서 여우라니……."

설거지를 끝낸 엄마는 커피 두 잔을 들고 내 앞에 앉았다. 엄마의 이야기는 끊이지 않았다. 여우부터 방금 읽은 책 이야기, 3년 전에 실종된 어떤 남자의 시신이 발견됐다는 뉴스까지 꼬리에 꼬리를 물고 이어졌다.

나는 주머니에서 구슬을 꺼내 살며시 쥐었다. 구슬은 반짝일 때마다 사람과 같은 체온이었다. 따뜻한 온기는 손바닥에서부터 내 심장까지 천천히 퍼져나갔다.

두근두근 두근두근.

비로소 내 심장이 뛰고 있다.

지박령 열차

김태호

가을 소낙비가 쓸고 지나가자 전철역은 한꺼번에 몰려든 사람들로 한바탕 소란이 일었다. 낮은 덥고 밤은 쌀쌀한 날씨였다. 에어컨을 켜기도 그렇고 히터를 틀기에도 모호한 온도였다. 환풍기를 통해 요란하게 쏟아지는 미지근한 바람에서 습습한 곰팡내가 진동했다.

치지직. 스피커에서는 쓸데없는 소음이 새어 나와 귓가를 긁어댔다. 좁은 역내에 뒤섞인 사람들은 끈적끈적한 살들이 서로 닿을 때마다 기겁하며 손가락 끝으로 타인의 몸을 밀어냈다.

그런 중에도 역사 제일 앞쪽으로는 사람들이 다가가지 않으려고 했다. 다른 곳에 비해 유난히 어두운 그곳. 천장에 전등불이 들어왔다가 꺼지길 반복하고 때론 정신없이 깜박거렸다. 노란 플라스틱 의자 주변 바닥은 오래 묵은 때로 얼룩져 음산한 분위기를 더했다.

안전문이 설치되기 전, 사람이 전철로 뛰어드는 사고가 있었다. 그때부터 역사 제일 앞쪽 의자가 놓인 곳에서 이상한 일들이 일어났다.

사고가 있던 다음 날부터 아무도 없는데 플라스틱 노란 의자가 혼자 흔들거렸다. 전철이 들어오는 순간이면 '까악, 키익.' 누군가의 비명처럼 쇠가 갈리며 의자가 앞뒤로 까닥거렸다. 확인하려고 달려온 역장과 역무원 앞에서도 의자는 슬프게 울어댔다.

청소를 하던 아저씨는 의자 밑에 모로 누운 여자와 눈이 마주쳤다. 바짝 웅크린 몸은 장작처럼 빨간 불씨가 남아 여기저기 불타고 있었다. 그 이후로도 사람들이 다가서면 전등이 새까맣게 타버리기도 하고, 흰 바닥은 불에 탄 듯 점점 갈색으로 변해갔다. 노란 의자 주위에 누구도 쉽게 다가가지 못했다.

오늘따라 그 노란 의자에는 검은 덩어리가 웅크리고 있었다. 덩어리에서 늘어진 기다란 머리카락에서 물방울이 떨어졌다. 물방울은 이미 바닥에 고여 있는 물에 두께를 더했다. 검은 덩어리의 존재는 그 자리를 더 음침하게 만들었다. 사람들은 힐끔거릴 뿐, 그쪽으로는 아예 가까이 다가가지도 않았다.

전철이 들어와 이미 가득 찬 뱃속에 사람들을 욱여넣고 사라지길 반복했다. 어느새 소란스럽던 역사 안은 평소보다 더 한가해졌다. 휴대폰에 얼굴을 파묻은 몇몇 사람들이 벽과 기둥 사이로 보였다가 사라질 뿐이었다.

역사 앞쪽에 검은 덩어리는 여전히 자리를 지키고 있었다. 청소부 아저씨가 멀찍이 서서 "이봐요, 저기…… 거참……." 말만 더듬거리다 어쩔 줄 몰라 하며 건너편 역사에 서 있는 역무원을 쳐다보았다.

역무원은 CCTV 카메라를 보며 곤란한 표정으로 얼굴을 찡그렸다. 역장은 상황실 모니터 속에서 검은 덩어리의 존재를 확인했다. 역장은 평상시보다 훨씬 더 시끄럽게 전철 안내 방송을 쏟아냈지만, 검은 덩어리는 좀처럼 움직이지 않았다. 역장은 찬물만 몇 잔째 벌컥벌컥 들이켰다.

'드르륵.'

진동 소리와 함께 검은 덩어리가 꿈틀거렸다. 청소부 아저씨는 한 발 물러서며 침을 힘겹게 삼켰다. 출렁이던 덩어리에서 하얀 손이 불쑥 튀어나왔다.

"어이쿠."

아저씨는 물걸레를 질질 끌며 뒤로 물러났다.

건너편에 있던 직원은 괜히 무전기를 귀에 대고 계단 쪽으로 도망쳤다. '삐이익' 스피커에서 잡음이 비명처럼 울려댔다. 모니터를 보던 역장도 놀라기는 마찬가지였다.

검은 덩어리가 허리를 펴자 뒤집어쓰고 있던 검은색 후드가 살짝 벗겨지며 얼굴이 드러났다. 전등이 깜박일 때마다 여린 소녀의 얼굴이 보였다가 사라졌다. 늘어진 긴 머리카락에 반쯤 가린 얼굴은 평범한 소녀였다. 모니터 속에서 소녀를 확인하고 역장은 긴 한숨과 함께 가슴을 손으로 쓸어내렸다.

소녀는 손에 든 휴대폰을 보았다. 화면에 부재중을 알리는 통화가 39개나 있었다. 모두 엄마에게서 온 전화였다.

'드르륵.'

그사이 다시 문자가 날아왔다.

-지민아, 제발 전화 좀 받아.

검은 덩어리의 정체는 정지민이었다. 검은 바지에 검은 후드를 뒤집어쓰고 몇 시간째 의자에 쪼그려 앉아 있었다. 소매는 축축이 젖어 있었고, 팅팅 부은 눈은 눈동자까지 빨갛게 보였다. 지민이는 휴대폰을 보더니 잔뜩 눈썹을 찌그러뜨렸다.

휴대폰을 꽉 쥐고 손을 높이 들어 올렸다. 바닥을 향해 내려치려던 손이 잠시 허공에 머뭇거렸다. 이내 뭔가 생각이 난 듯 휴대폰을 두 손에 쥐고 익숙한 손놀림으로 녹색 검색창을 열었다.

-편하게 죽는 법

화면에는 '당신은 소중한 사람입니다'라는 굵은 글씨가 제일 먼저 떴다. 희망의 전화, 삶의 전화……, 다양한 정보가 스크롤을 만들며 펼쳐졌다.

지민이는 같은 생각을 하는 사람들이 있다는 것이 위안이 되기도 하고, 왠지 더 슬퍼지는 것도 같았다. 다시 차오르는 눈물에 화면 속 글씨들이 뒤엉켜서 알아볼 수 없었다. 지민이는 손등으로 눈물을 훔쳐냈다. 그때 어두운 그림자가 지민이 앞으로 다가왔다.

"여기 귀신 나온다. 너 잘못하면 귀신에 씌어."

지민이는 소리가 들리는 곳으로 슬쩍 고개를 들었다. 검은 옷을 입은 여자가 서 있었다.

편한 바지에 단체복 같은 검은 윗도리를 입고 있었다. 헐렁한 바지에 삐쩍 마른 몸매가 느껴졌다. 머리는 단정하게 말아 올리고 옅은 화장을 한 모습이었는데, 움푹 들어간 눈두덩이 밑으로 화장이 조금 번져 있었다.

여자는 지민이 옆 의자에 앉았다. 여자의 왼쪽 가슴에 회사 마크가 찍힌 사원증이 흔들거렸다.

'한해정.'

이름이 선명했다. 사원증도 떼지 않고 정신없이 급하게 어딜 가는 모양이었다.

"사원증?"

지민이 시선을 느꼈는지 한해정이 말했다.

"자랑하고 싶어서 일부러 달고 다녀."

가느다란 손가락으로 사원증의 먼지를 닦아내는 한해정의 얼굴엔 미소가 가득했다.

"내가 얼마나 가지고 싶던 건데. 자랑 좀 하면 어때? 이거 받은 날, 우리 엄마는 세상에서 제일 행복한 표정이었어."

한해정은 묻지도 않은 얘기를 주절댔다. 지민이는 입을 삐죽이며 고개를 돌렸다.

"나, 6개월 동안 정말 열심히 일했어. 저금도 하고, 용돈도 아껴서 우리 엄마 줄 선물도 샀다. 아직 전해주진 못했지만."

그래서 어쩌라는 건지. 지금 지민이는 누구하고도 얘기하고 싶지 않았다. 더군다나 사원증도 떼지 않고 지하철을 타러 온 사람하고는.

"전화 한 번만 빌려 쓰자. 우리 엄마, 너무 오래 기다리게 해서……. 지금도 아마 날 기다리고 있을 거야. 빨리 가야 하는데."

한해정은 지민이 휴대폰을 힐끔거리며 불안한 듯 발을 떨었다. 지민이도 엄마 생각이 났다. 가슴 깊은 곳이 칼로 베인 듯 쓰리고 아파왔다. 엄마 생각만으로 마음이 약해지는 자신에게 화가 났다.

지민이는 후드를 더 깊이 눌러쓰고, 휴대폰을 주머니에 찔러 넣었다. 다시 무릎에 얼굴을 묻어 검은 덩어리가 되었다.

'띠리리리~.'

열차가 역에 가까이 다가오고 있었다.

"너, 나쁜 생각 하는 거지?"

한해정이 말했다. 지민이는 자기 휴대폰 화면을 훔쳐본 게 틀림없다고 생각했다. 무슨 상관이야. 지민이는 고개를 살짝 들어 한해정을 노려봤다. 눈빛이 마주쳤다. 한해정은 환하게 미소 지었다. 세상 걱정 없는 해맑은 눈이었다. 더 상대하고 싶지 않았다. 지민이는 눈길을 바닥으로 돌려버렸다.

자신이 앉아 있던 자리에 고인 물 위로 검은 먼지가 수북이 떠다니는 게 보였다. 까맣게 태워진 재였다. 어디선가 재가 흩뿌려지고 있었다. 한해정이 다리를 동동거릴 때마다 바지에서 재들이 떨어져 내렸다. 자세히 보니 까만색 바지는 메마른 나무

껍질처럼 잘게 갈라져 있었다. 건드리면 금방 재로 흩어져버릴 것 같았다. 바지는 원래 까만색이 아니었다.

"아, 이거. 사람들이 내 피를 말리고, 마음을 까맣게 태웠어. 그래서 그래."

담담한 말투였다. 한해정은 손으로 까만 바지의 밑단을 툭툭 털었다. 바지가 회색빛 재로 부서져 바닥으로 쏟아지고, 그 안에 까맣게 탄 다리가 드러났다. 아직도 붉은 불씨가 남아서 종아리에서 발목 쪽으로 까맣게 타들어가고 있었다.

"내가 도와줄게."

한해정이 부드러운 목소리로 손을 내밀었다. 지민이 눈 가까이 내민 손이 빨갛게 변해서 하얀 김이 피어올랐다. 지민이는 뒤로 물러나려고 했지만, 몸이 말을 듣지 않았다.

갑자기 한해정이 얼굴을 지민이 눈앞으로 바짝 디밀었다. 한해정의 날카로운 콧대가 지민이 얼굴로 겹쳐졌다. 한해정은 일정한 속도로 스며들 듯 자연스럽게 지민이 몸 안으로 밀고 들어왔다. 뜨거운 덩어리를 삼킨 것처럼 뱃속이 부글부글 끓어올랐다. 지민이 몸은 의지와 상관없이 벌떡 일어나 선로 쪽으로 움직였다.

'푸시시.'

압력이 풀리는 소리가 들리고, 전철이 도착하기도 전에 안전문이 먹이를 노리는 맹수의 입처럼 활짝 열렸다. 어두운 선로가 보였다. 철컹 철커덩거리는 소리가 점점 크게 들리고, 선로로 밝은 빛이 쏟아져 들어왔다.

"어어!"

지민이는 얼음판을 미끄러지듯 안전문 쪽으로 빨려 들어갔다. 벗어나려는 발버둥은 아무 소용이 없었다.

'빠앙.'

전철은 빠른 속도로 다가왔고,

"안 돼!"

지민이 몸은 선로로 던져졌다.

쿵!

머리에 전해진 충격에 정신을 차려보니 지민이는 역사 바닥에 쓰러져 있었다. 고개를 들고 주위를 살펴봤다. 사람들이 모두 놀란 눈으로 지민이를 쳐다보았다.

'분명 전철로 뛰어들었는데…….'

지민이는 자기 몸 구석구석을 만졌다. 다행히 아직 멀쩡히 살아 있었다. 그사이 전철이 들어서고 문이 열렸다. 지민이는 사람들 눈을 피해 얼른 전철 안으로 뛰어들었다.

마침 빈자리가 보였다. 중간 자리에 털썩 주저앉았다. 문은 닫히고 전철은 천천히 역사를 빠져나갔다. 손이 덜덜 떨리고 가슴이 두근거려 진정이 되지 않았다. 너무 무섭고, 두렵고, 모든 게 후회되었다.

지민이는 갑자기 엄마 생각에 눈이 시려왔다. 오랫동안 애를 태우며 기다리고 있을 엄마가 보고 싶었다. 두 손을 꽉 움켜잡았다. 엄마를 다시 볼 수 있다는 생각에 '감사합니다' 소리가 저절로 입에서 새어 나왔다. 얼른 엄마 품에 안기고 싶었다.

주르륵 눈물이 눈물을 타고 흘러내렸다. 길게 숨을 들이마시며 멈춰보려 했지만 눈물은 멈출 줄 몰랐다. 지민이는 이제 죽어도 다시는 죽지 않을 거라 생각했다.

손등으로 눈물을 훑어내고 고개를 들었다. 반대편 창가에 비친 얼굴을 봤다. 유리창에 여러 겹으로 겹친 흐릿하고 낯선 얼굴이 지민이를 쳐다보고 있었다.

전철은 아주 긴 터널을 빠져나가 한강 다리를 지났다. 철커덩 철컹, 철교를 지나는 요란한 소리가 다정하게 들렸고, 별빛 하나 보이지 않는 까만 하늘도 아름다웠다. 네모 길쭉한 빌딩도, 매일 같은 모습의 한강도, 늦은 시간에도 길게 늘어선 도로의 차들도 모두 소중하게 느껴졌다.

죽지 않아 다행이란 생각에 다시 한 번 가슴을 쓸어내렸다. 손은 여전히 떨렸다. 전철에 뛰어들다니. 정말 바보 같은 짓이었다. 몇 정거장만 더 가면 엄마가 기다린다. 요즘 나오지 말라는데도 엄마는 매일 전철역에서 기다렸다.

"흡. 흡. 흡."

갑자기 들려온 소리에 고개를 돌렸다. 맨 구석 자리에 앉은 남자 어른이 눈에 들어왔다. 아저씨는 아이처럼 손등으로 눈물을 닦아가며 울고 있었다.

'왜 저러는 거지?'

고개를 갸웃거리며 전철 안의 다른 사람들에게 눈길을 돌렸다. 바로 옆자리 아줌마는 회색 고양이를 안고 있었다. 고양이는 아줌마가 손가락으로 머리를 쓸어줄 때마다 그르륵 소리를 냈다. 한복을 곱게 차려입은 할머니가 앉아 있었고, 어깨에 멘 가방 끈을 두 손으로 얌전하게 잡은 언니도 보였다.

맞은편에는 숨을 헐떡이며 손수건으로 흐르는 땀을 닦아내는 중년의 신사도 있었다. 신사 옆에는 검은 강아지가 의자에 떡하니 앉아 한 자리를 차지했다. 검은 강아지는 또렷한 눈빛으로 지민이를 쳐다보았다. 새까만 얼굴에 유난히 반짝이는 큰 눈을 가진 개였다. 귀엽거나 아름답다기보다는 왠지 슬픈 쪽에 가까운 눈빛이었다.

"내리실 문은 오른쪽입니다."

어느새, 전철은 다음 역으로 들어섰다. 숨을 가쁘게 헐떡이던 신사는 편안한 표정이 되어 일어섰다. 그리고 문이 열리자 미소까지 지으며 열차에서 내렸다. 몇몇 사람이 전철에 올라타고 열차는 다시 출발했다.

"저 양반은 진짜 운이 좋네. 의식이 되돌아와서 돌아가는 걸 거야."

옆자리 아줌마가 고양이와 얼굴을 마주보며 얘기했다. "미야옹." 고양이는 대답이라도 하는 듯 울어댔다. 지민이는 입술을 동그랗게 모으고 살짝 곁눈질하다가 아줌마와 눈이 마주쳤다.

"저 개, 학생 개야?"

아줌마가 맞은편 검은 강아지를 턱으로 가리키며 물었다. 지민이는 고개를 저었다. 검은 강아지는 아직 맞은편 그 자리에 앉아 있었다. 신사가 강아지를 두고 내린 것 같았다. 지민이는 아주 어릴 적에 개를 키웠던 적이 있지만, 지금은 얼굴조차 기억이 나지 않았다.

검은 강아지는 계속 지민이만 보고 있었다. 여전히 개의 눈빛은 슬퍼 보였다. 꼬리는 흔들고 있는데 눈에선 금방이라도 눈물이 떨어질 것 같았다. 지민이는 괜히 기분이 나빠서 고개를 돌렸다.

"이번 역은 환승역입니다. 갈아타실 분은……."

그사이 전철은 천천히 환승역으로 들어서고 있었다.

"너는 안 내려? 여기서 다 내려야 해."

아줌마가 고양이를 바닥에 내려놓으며 말했다.

"우리 집은 다음 역이에요."

지민이가 주위를 둘러보며 대답했다. 종착역에 도착한 것처럼 사람들의 움직임이 분주해졌다.

"여기서 내려야 저승으로 갈 수 있어. 이승에서 저승으로 가는 환승역이야."

회색 고양이가 앞다리를 길게 뻗고 기지개를 켜더니, 부드러운 동작으로 문 앞으로 걸어갔다. 멍하니 고양이를 보고 있던 지민이가 고개를 번쩍 들었다.

"네? 아줌마, 지금 뭐라 하셨어요? 저승요?"

지민이는 잘못 들은 것 같아 다시 물었다.

"이번 역이 저승으로 가는 환승역이라고."

아줌마는 아직도 무슨 말인지 잘 모르겠다는 지민이 표정을 보고 말을 보탰다.

"예전에 나도 한 번, 심장마비로 혼수상태에 빠졌다가 깨어난 적이 있어. 그때 환승역에서 다시 이승으로 돌아가는 경험을 했거든. 현실에서 깨어났을 때, 그냥 이상한 꿈을 꾼 줄 알았지. 그런데 다시 또 와보니……."

아줌마는 담담한 웃음을 지었다.

"어쨌든 너도 여기서 내리는 게 좋을 거야."

전철은 환승역에 멈춰 섰다. 고양이가 아줌마를 부르듯 손짓을 했다. 아줌마는 고개를 끄덕이며 일어나 고양이를 쫓아 문 쪽으로 움직였다. 앉아 있던 사람들이 내리기 시작했다. 지민이는 무슨 일이 벌어지고 있는지 알 수 없었다. 어떡해야 할지 몰라 자리에서 일어났다. 분주한 사람들 틈에서 마음이 혼란스러웠다.

사람들이 모두 내리고 있었다. 문밖에선 아줌마가 걱정스러운 눈으로 어서 나오라며 손짓을 했다. 푸쉬시, 문이 닫히려고 했다. 이제 열차는 텅 비었다.

어쩌지? 지민이는 재빠르게 문 사이로 몸을 던졌다. 겨우 밖으로 빠져나왔다. 다행이라는 듯 지민이를 향해 아줌마가 손을 내밀었다. 지민이는 아줌마 손을 잡았다. 스윽! 허상을 잡듯 손은 손을 지나쳐 허공을 갈랐다.

"너 왜 이러니?"

지민이 몸이 흐물거리더니 투명하게 변해갔다. 아줌마는 놀라서 뒤로 주춤주춤 물러났다. 지민이 몸은 빠르게 흐려지며 사라져갔다.

'덜컹 덜커덩.'

지민이는 다시 달리는 전철 안으로 돌아와 있었다. 집으로 돌아가는 평범한 사람들 틈에 지민이는 서 있었다. 꿈을 꾸고 있는 건가? 도대체 무슨 일인지 알 수 없었다. 지민이는 머리를 거칠게 흩트렸다.

한참을 내달리던 열차가 속도를 줄여가며 역사 안으로 들어섰다. 낯익은 역사. 정신없는 사이 집에 돌아온 것이다. 지민이는 창문에 이마를 붙이고 밖을 쳐다보았다. 열차가 천천히 멈춰 설 때쯤 역사 안에 서 있는 엄마가 보였다. 매일 전철역 밖에서 기다리던 엄마가 오늘은 웬일로 역사 안까지 들어와 있었다.

마침 열차는 엄마 앞에 멈춰 섰다. 지민이는 문이 열리기 전부터 창문을 두드려대며 반갑게 손짓을 했다. 엄마는 바로 앞에 있는 지민이를 못 보는 것 같았다. 마음이 급해서 발을 구르며 문이 열리길 기다렸다. 오늘따라 문은 한참을 머뭇거렸다. 드르륵. 드디어 문이 열렸다.

"엄마!"

지민이는 곧바로 엄마 품으로 뛰어들었다. 눈물이 쏟아졌다. 기다리게 해서 미안해. 엄마, 정말 미안…….

'덜컹 덜커덩.'

전철은 다시 터널 안을 달렸다.

"어!"

분명 조금 전에 문이 열리고 엄마 품속으로 뛰어내렸는데……. 지민이는 달리는 전철에 다시 타고 있는 지금 상황이 이해되지 않았다. 무슨 일이지? 엄마에게 안겨 있어야 할 지민이는 터널을 달리는 객차 안에 서 있었다.

'너는 이 전철에서 내릴 수 없어.'

누군가 말을 걸어왔다. 지민이는 고개를 들고 주위를 둘러보았다.

'너는 여길 떠날 수 없다고.'

고개를 숙여보니, 아까 그 검은 강아지가 발밑에 다가와 앉아 있었다. 강아지와 눈을 맞췄다. 지민이는 강아지가 입을 벙긋거리지는 않았지만, 지금 자기에게 말을 걸고 있다는 걸 알 수 있었다.

'이제 이 순환선을 타고 계속 돌아야 하는 게 너의 운명이야. 너는 아무 데도 가지 못해.'

"그게 무슨 말이야? 내가 내리고 싶으면 내리는 거지."

전철은 다음 역에 서서 문을 열었다. 지민이는 엄마에게 돌아가기 위해 전철에서 뛰어 내렸다. 발바닥이 바닥에 닿는 순간.

'덜컹 덜커덩.'

전철은 다시 터널 안을 달리고, 지민이는 객차 안에 돌아와 있었다. 지민이는 멈춰 서는 역마다 전철 밖으로 뛰어내렸다. 그때마다 벗어나지 못하고 다시 객차로 돌아왔다. 몇 번을 반복해도 마찬가지였다. 지민이는 다리에 힘이 빠져 그대로 바닥에 주저앉았다.

'너는 기억 못하겠지만, 우린 어릴 적에 함께 지냈어. 그 인연으로 이렇게 너를 마중 나왔는데, 네가 지박령이 되는 탓에 널 데려갈 수 없게 되었다.'

검은 강아지가 말했다.

"지박령?"

'땅에 얽매여 있는 영혼이야. 저승으로 떠나지 못하고 죽은 곳에 머무는 영혼.'

"도대체 그게 무슨 말인데?"

지민이가 다시 물었다.

'넌 죽었다고.'

지민이는 죽었다. 전철에 뛰어든 게 성공한 것이다. 전철을 타고 매일 순환선을 돌아야 하는 지박령이 되고 말았다. 그 무엇보다 지민이를 아프게 하는 게 있었다. 그건 열차를 타고 돌 때마다 엄마를 계속 만나야 한다는 것이었다.

날마다 일정한 시간이 되면 같은 역, 같은 자리에 엄마가 서 있었다. 딸의 죽음을 엄마는 믿으려 하지 않았다. 딸이 돌아오는 시간에 맞춰 전철 문 앞에 서서 기다렸다. 엄마는 매일 막차를 떠나보내고도 딸을 찾아 역사 안을 헤매다가 역무원에게 끌려 나가야 했다.

순환선이 한 바퀴를 도는 시간은 한 시간 조금 넘게 걸렸다. 지민이는 막차가 지날 때까지 하루에 서너 번 같은 자리에서 엄마를 만났다. 매일 부쩍 말라가는 엄마 모습에 가슴이 메어왔다. 지민이는 한동안 엄마를 만날 때마다 품으로 뛰어들었다. 하지만 엄마의 머리털 하나 만져보지 못하고, 허공을 허우적대다가 다시 전철로 돌아왔다.

"엄마, 나 여기 있어."

지민이는 전철 문을 사이에 두고 엄마의 시선을 따라 얼굴을 움직였다. 바로 앞에 딸이 있다고 소리쳐도 엄마는 지민이 몸을 뚫고 다른 곳을 쳐다보았다.

마주 서서 손을 뻗어 엄마의 얼굴을 만져보려 했다. 팔이 짧아 손끝에 닿지 않았다. 조금만 더! 욕심을 부리며 손을 뻗었다가 번번이 발끝이 역사 바닥을 짚고 말았다. 그때마다 엄마는 사라지고 다시 벗어날 수 없는 전철로 돌아왔다. 지박령 열차를 타고 돌면 돌수록 자꾸만 엄마에 대한 그리움은 커졌다.

'다음 역이야. 봐봐.'

매일 옆에 앉아 지켜보고만 있던 검은 강아지가 말했다.

"뭘 보란 소리야?"

지민이는 전철 문에 등을 기대고 바닥에 주저앉아 있었다. 전철은 역사 안으로 들어섰다. 검은 강아지가 다시 재촉했지만, 지민이는 고개를 숙인 채 꼼짝도 하지 않았다. 전철이 멈춰 서고 문이 열렸다.

'밖을 보란 말이야.'

검은 강아지가 소리쳤다. 지민이는 천천히 고개를 돌려 역사 안을 살펴보았다.

"저게 다 뭐야?"

역사 바닥에는 수많은 꽃다발이 쌓여 있었다.

'내리자.'

검은 강아지가 먼저 전철역 밖으로 뛰어내렸다.

"나도 이 전철에서 내릴 수 있다고?"

지민이가 깜짝 놀라 물었다. 검은 강아지는 꽃다발 사이에 서서 고개를 끄덕였다. 지민이는 조심스럽게 문밖으로 발을 내밀었다. 한쪽 신발 앞코로 바닥을 찍어보고, 다른 발까지 옮겼다.

지민이는 밖으로 나와 전철 역사 안에 섰다. 찡그리며 감고 있던 눈을 살짝 떠봤다. 두리번거리며 주위를 둘러봤다. 열차

안이 아니었다. 드디어 지박령 열차에서 벗어난 것이다. 전철은 문을 닫고 천천히 움직였다.

"여기가 어디지?"

지민이는 꽃다발 사이에 서서 주위를 둘러보았다.

'모르겠어?'

검은 강아지는 커다란 눈을 껌벅였다.

'여기가 네가 죽은 곳이야. 이 꽃들은 다 너를 위한 거고. 원래 지박령은 죽은 곳 근처에서만 머물러야 하는데, 너는 순환 열차에도 영혼이 얽혀버리고 말았어.'

도대체 왜? 지민이 눈빛을 읽은 검은 강아지는 천천히 말을 이었다.

'전철로 뛰어들었을 때, 넌 바로 죽지 못했어. 엉망으로 망가진 몸을 끌고 다시 전철을 향해 기어갔지. 팔꿈치로 바닥을 기어가며 넌 계속 중얼거렸어.'

"엄…… 엄마가 기다려요. 엄마한테 가야 하는데……,"

지민이는 뒤로 주춤주춤 물러나 노란 의자에 털썩 주저앉았다. 눈물이 멈추지 않고 흘러내렸다. 지민이 마음속에 들어와 있던 뜨거운 기운이 눈물과 함께 빠져나가는 느낌이 들었다. 부르르 떨고 있던 손이 의자 옆으로 털썩 떨어져 내렸다.

지민이가 눈을 떴을 때, 전등은 다시 깜박이기를 반복했다. 환풍구에서 미지근한 바람이 쏟아져 내리고 바닥은 젖은 발자국들로 어지러웠다.

지민이는 한동안 멍한 눈으로 바닥만 바라보았다. 조금씩 정신이 돌아왔다. 주머니를 뒤적여 휴대폰을 손에 꽉 쥐었다. 얼굴을 흔들어 정신을 차리고 주위를 둘러보았다. 옆자리에 낯익은 얼굴이 보였다.

"귀신에 씌어보니 어땠어?"

한해정? 귀신에 씌었다고? 지민이는 조금 전의 무섭고 아픈 기억들이 한꺼번에 되살아났다. 서둘러 옆으로 피하려다가 의자에서 떨어져 바닥에 주저앉았다.

"그렇게 무서워 마라. 널 해칠 생각은 없으니까. 죽은 건 네가 아니라 나야. 내가 지박령이지. 조금 전의 경험은 모두 '한해정' 내가 겪었던 일이야. 나는 지금도 매일 지박령 열차를 타고 같은 자리를 돌고 있어. 만날수록 자꾸만 더 그리워지는 엄마를 매일 만나. 그 기분 이젠 너도 알겠지?"

한해정의 눈에서 검은 눈물이 흘러내렸다. 지민이는 모든 게 또렷이 기억났다. 꼭 자기 일처럼 느껴졌던 생생한 기억들이었다. 그 아픔 때문인지, 자신이 살아 있다는 안도감 때문인지……, 두 손으로 가슴을 꼭 눌러도 요동치는 마음이 진정되지 않았다.

"오늘 우리 엄마랑 똑같은 사람을 봤어. 몇 시간째 전철역에서 기도하며 울고 서 있는 사람. 자꾸 우리 엄마 생각나게 만드는 사람을 봤단 말이야. 그 사람 꼭 너를 닮았더라."

한해정이 지민이 얼굴을 뚫어져라 바라보며 말했다. 지민이는 엄마를 떠올렸다. 지금 애타게 자기를 기다리고 있는 엄마.

"우리가 이렇게 만난 건 그 사람 때문인 것 같다. 너희 엄마 덕분이라고."

갑자기 한해정이 가까이 얼굴을 들이밀었다. 코가 맞닿을 듯 가까운 거리였다. 지민이는 조금 전을 떠올리며 두려움에 몸을 바짝 움츠렸다.

"네가 나 좀 도와줄래?"

정중한 목소리였다.

지민이는 한해정의 부탁대로 노란 의자 앞에 무릎을 꿇고 엎드렸다. 고개를 숙여 의자 밑 안쪽 깊숙한 곳을 살폈다. 벽과 바닥이 만나는 부분, 움푹 파인 곳에 뭔가 반짝이는 것이 보였다. 손을 뻗어 그것을 꼭 움켜쥐었다.

한해정은 다소곳이 서서 지민이에게 고개를 숙였다. 푸슛!

안전문이 열리고 사람들이 전철에서 쏟아져 나왔다. 사람들은 아무렇지 않게 한해정 몸을 통과하며 지나쳐갔다. 아무도 한해정을 보지 못했다. 한해정은 바쁘게 지나는 사람들 사이로 조금씩 희미하게 사라져갔다.

지민이는 전철에 올라탔다. 오른손을 땀이 날 정도로 꽉 쥐었다. 전철은 터널을 지나고 한강을 넘었다. 그리고 몇 번의 역을 거쳐 천천히 속도를 줄이고 멈춰 섰다.

전철 맨 뒤 칸, 지민이는 창문 밖으로 낯설지만 낯설지 않은 아줌마를 찾을 수 있었다. 아줌마의 얼굴에서 한해정의 모습이 그대로 겹쳐져 보였다. 누가 봐도 한해정의 엄마였다.

아줌마는 열차에 타지 않고 내리는 사람들을 바쁘게 둘러보며 누군가를 찾고 있었다. 지민이는 천천히 아줌마에게 다가갔다.

"해정이 언니가 이거 전해주래요."

지민이가 오른손을 아줌마 앞으로 내밀었다.

"해정이?"

놀란 아줌마는 부들부들 떨어가며 천천히 손바닥을 펼쳤다.

"이…… 이건."

손바닥 위에 올려진 반지를 살펴보던 아줌마는 그대로 바닥에 주저앉았다.

딸의 마지막 등록금을 위해 팔아야 했던 아줌마의 결혼반지였다. 사원증을 받던 날, 방에서 깡충깡충 춤을 추던 딸을 보며 아줌마는 눈물을 훔쳤다. 딸은 금방 돈을 모아서 반지부터 찾아오겠다고 말했다.

그렇게 밝던 모습은 시간이 지날수록 변해갔다. 일보다 사람이 더 힘들다고. 그래도 이겨낼 거라며 웃어 보였지만, 힘겨운 얼굴을 감출 수는 없었다. 점점 말을 잃어가고, 장작처럼 말라갔다. 결국 애써 웃던 웃음마저도 사라졌다.

사건이 있던 날 아침에 딸은 모처럼 활짝 웃었다. 끝나자마자 올 테니 전철역에서 만나자는 약속도 했다. 점심을 먹고 반지를 찾아 오다 회사에 늦게 돌아온 딸을 선배와 동료들은 가만두지 않았다. 바짝 말라 있던 몸과 마음은 조그만 불씨에도 쉽게 불타올랐다. 딸은 정신까지 까맣게 타버리고 말았다.

전철을 타고 돌아오던 딸은 몇 정거장 앞에서 내렸다. 아줌마는 역사 안까지 들어와 기다렸지만, 그날 막차가 떠나도 딸은 돌아오지 않았다. 하루, 이틀이 가고, 한 달, 1년 그리고 다시 세월이 흘러갔다. 딸이 돌아올 거라 믿는 아줌마는 하루도 빠짐없이 전철역에 찾아왔다.

"해정아."

아줌마는 반지를 가슴에 끌어안고 울음을 터트렸다. 지민이는 바닥에 앉아 아줌마를 꼭 안아주었다.

"이젠 더 이상 기다리지 않으셔도 된대요."

그래야 해정이 언니도 편하게 떠날 수 있을 거라고 말했다. 지민이는 흐느끼는 아줌마를 안고 한참을 기다려주었다.

'띠리 리 리.'

마지막 전철이 들어왔다. 지민이는 이제 엄마에게 가기 위해 전철에 올라탔다. 아줌마는 지민이가 탄 전철이 터널 속으로 사라질 때까지 손을 흔들어주었다.

지민이 엄마는 두 손을 꼭 잡고 기도하는 자세로 역사 안에 서 있었다. 지민이는 전철 문이 열리자마자 엄마 품속으로 파고 들었다. 엄마는 따뜻했다.

다음 날, 지민이는 한해정과 만났던 역으로 찾아갔다. 깜박거리던 전등은 이제 제 모습을 찾았다. 전등의 밝은 빛은 오래된 어둠의 기운을 조금씩 지워내고 있었다. 지민이는 한참을 노란 의자에 앉아 있었지만, 아무도 찾아오지 않았다.

지민이 마음속에 검은 강아지를 따라 먼 길을 떠나는 한해정의 모습이 그려졌다.

소녀가
돌아올 때

임어진

이사 온 집이 묘하다고 느낀 건 달빛 때문이다. 밤이 되면 흐리던 하늘도 개면서 집 안 구석구석으로 달빛이 들어찬다. 집 외벽을 빼곡히 메운 채 창문들까지 곧 뒤덮을 기세인 담쟁이덩굴과 잎사귀 그림자들이 이때가 되면 수런수런 무슨 말을 하는 것만 같다.

"달이 원래 이렇게 밝았나?"

미유네 가족이 이사 와 가장 많이 중얼거린 말이 이 말일 것이다. 아파트에 살 때는 잘 느끼지 못했던 일이다.

집은 1년째 비어 있었다. 살던 사람들이 일 때문에 급히 외국으로 나가면서 내놓은 집이라고 했다. 손이 많이 가는 낡은 집이어서인지 여태껏 마땅한 새 임자를 찾지 못했다고 한다. 미유네도 마침 이사할 집을 찾던 중이었다. 엄마 아빠는 담쟁이에 둘러싸인 고색창연한 집 분위기에 끌린다며 조금은 성급하고 쉽게 이사 결정을 했다.

하지만 미유는 불만이 컸다. 친구 석경이와 지수네 집은 학교도 가깝고 갓 지어진 새 아파트다. 이 옛날 집은 학교 가는 거리가 전보다 두 배나 되는 데다 심지어 언덕배기에 있다. 미유는 친구들에게 놀러 오라고 할 마음이 싹 사라져버렸다. 엄마 아빠가 나름 계획이 있다며 다른 아파트로 이사 가기 전에 임시로 2년만 살 거라고 하지 않았으면 꽤 심통을 부렸을 거다.

나무 계단으로 이어지는 2층 구조도 낯설었다. 계단은 사람 발소리 그친 지가 오래돼서인지 올라서자마자 비명 소리를 냈다.

'삐이거어억…….'

미유는 안방에서 떨어져 있는 제 몫의 2층 방이 엄두가 안 났다. 안방과 작은 방이 나란히 있던 아파트와 달리 새 집은 아래층 위층에 큰 방이 각각 하나씩 있을 뿐이었다. 아래층 부엌 옆 작은 방은 너무 좁아 창고로나 쓸 수 있는 정도였다.

"나 그냥 엄마 아빠랑 안방 같이 쓰면 안 돼?"

"어이구, 열다섯 살짜리 말만 한 딸이 하는 소리 좀 보세요. 정 올라가기 싫으면 저 부엌방 써."

엄마는 1초도 망설이지 않고 대안을 내놓았다. 이사한 집 보러 온 막내 이모 희정 씨까지 엄마 말을 거들었다.

"우리 어렸을 때는 이런 이층집 사는 게 꿈이었어. 2층 방도 서로 쓰려고 싸웠을 걸?"

"누가 아니래."

이모 말에 엄마가 다시 맞장구를 쳤다. 미유는 제 물건들을 이고 지고 부엌방으로 쓸쓸히 발길을 돌렸다. 동화 속 재투성이 소녀에 비하면 견딜 만한 곳이라고 스스로를 달랬다. 적어도 냉장고와는 가장 가까운 방이었다.

그랬던 미유도 한 달쯤 지나자 새 집에 익숙해졌다. 기울기가 꽤 되는 집 앞 골목길을 군말 없이 오르내렸고, 석경이와 지수도 데려와 담쟁이에 뒤덮인 집을 보여주고 싶어졌다.

"나 2층으로 올라갈게."

무엇보다 부엌방은 너무 좁고, 2층 방은 충분히 넓었다. 밝고 깨끗하기도 했다. 미유는 또 한 번 작은 이사를 했다.

"그사이 좁은 방을 많이도 어질러 놨네. 웬 자질구레한 물건들이 이리 많다니?"

엄마는 미유 물건들을 옮겨주며 핀잔을 했다.

"됐어. 나 혼자 할게."

말은 그렇게 했지만 미유의 물건 정리 솜씨는 꽝이었다. 아빠 손까지 빌린 끝에야 2층 미유 방 정리는 얼추 해결이 됐다.

"나름 이사하느라 고단하겠다. 일찍 자라."

엄마 아빠는 인사를 남기고 아래층으로 내려갔다. 미유는 고개를 끄덕이고는 방을 휘 둘러보았다. 아직은 어쩐지 남의 방 같았다. 짙은 나무 색 붙박이 벽장도 새삼 눈에 띄었다. 아까는 옷을 무더기로 걸기 바빠 안을 자세히 보지 못했다.

미유는 다가가 벽장문을 열어보았다. 위쪽에 손이 닿지 않을 만큼 높다란 옷 봉이 걸려 있고 아래쪽엔 두 개로 분리된 서랍이 있는 평범한 구조였다. 서랍은 아직 아무것도 넣지 않아 비어 있었다. 아니다. 무언가가 눈에 띄었다. 왼쪽 서랍 안쪽에 웬 빨간 머리끈이 들어 있었다. 벽장 안이 침침해서 엄마 아빠도 그냥 지나쳤던 것 같다.

미유는 머리끈을 꺼내 밝은 데서 살펴보았다. 폭은 좁았지만 충분히 길고 색깔 예쁜 빨강 끈이었다. 안쪽 끝 부분에는 'J.K.'라는 영문 글씨도 쓰여 있었다.

"이 방 주인이 두고 갔구나."

미유는 버릴까 하다 머리에 대보았다. 커트 머리라 묶는 데에 쓸 수는 없지만 머리띠처럼 하면 예쁠 것 같았다. 팔찌처럼 손목에 감아도 괜찮았다.

"내가 해야지."

득템까지는 아니어도 그런대로 마음에 드는 물건이었다. 미유는 머리끈을 손목에 감은 채 침대에 벌러덩 드러누웠다. 누워서 보니 방이 더 넓어 보였다. 벽장문에 창문 그림자가 길게 드리워졌다.

오늘 따라 달빛이 부쩍 밝은 것 같았다. 여름이 끝나가고 있어서인지 땀이 식자 금세 소슬해졌다. 미유는 몸을 일으켜 열려 있는 격자창 창문을 반쯤 닫았다. 달빛이 방 안 더 깊숙이 들어왔다는 느낌을 받은 건 미유가 창문을 반 정도 닫고 돌아섰을 때였다. 달빛 속에 문득 뭔가가 어른댔다. 벽장 앞에 무슨 형체가 서 있는 것 같았다.

"뭐, 뭐야?"

오싹한 느낌에 미유는 뒷걸음질을 쳤다. 다시 봐도 분명 뭔가 있었다. 누군가가 벽장 앞에 앉아 있는 것 같았다. 사람 형체였다. 미유 머리끝이 쭈뼛 섰다.

"누, 누구야?"

미유는 또 한 번 뒷걸음질을 치다 벽에 뒤통수를 찧었다. 아프다고 느낄 새도 없었다. 다리 힘이 풀려 주저앉을 것만 같았다. 웬 여자였다. 여자가 고개를 수그린 채 다리를 자꾸만 문질러 뭔가를 닦아내고 있었다. 치마 속에서 무언가가 까물까물 기어 나와 하얀 종아리 쪽으로 기어 내려갔다. 여자는 그걸 닦아내듯 문질러 없애는 중이었다. 그것들은 슬금슬금 끝도 없이 기어 나오고 있었다.

"으으으…… 버, 벌레잖아! 지, 징그러!"

미유가 치를 떨자 여자가 고개를 들었다. 단발머리를 한 언니뻘 여자였다. 모습이 어딘가 희끄무레했다. 눈만 까만 동자가 뒤덮다시피 도드라져보였다. 얼굴 아래쪽은 유난히 희미해서 입이 없는 것처럼 보였다. 달빛이 스민 때문인지, 입고 있는 흰 원피스 때문인지 구분이 되지 않았다. 아니면 미유가 그냥 헛것을 보고 있는지도 모를 일이었다.

여자 형체는 미유가 방구석으로 가 벌벌 떨자 스르르 사라지기 시작했다. 미유는 눈을 감은 채 정신없이 중얼거렸다.

"아냐, 아냐. 없어, 아무것도 없어. 내가 잘못 본 거야."

얼마나 시간이 지났을까. 미유는 감았던 눈을 슬며시 뜨고 손가락 틈새로 앞을 살펴보았다. 확실히 아무도 없었다. 미유는 큰 안도의 숨을 내쉬었다.

"휴우! 거 봐. 잘못 본 거였다니까. 너 요새 호러 웹툰을 너무 봤어. 이미유."

어디선가 아기 울음소리가 들렸다. 길고양이가 내는 소리였다.

다음 날 미유는 빨간 머리끈을 머리띠처럼 커트 머리 위에 묶고 학원에 갔다. 석경이와 지수가 눈을 빛냈다.

“오, 잘 어울려. 어디서 샀어?”

“이런 거 또 있음 나도 하고 싶다.”

친구들은 미유가 출처를 말해줘도 기대를 접지 못했다. 머리끈은 당장 미유 머리에서 풀려 나와 친구들 손으로 넘어갔다. 친구들이 제 머리에 대보는 동안 머리끈은 햇빛을 받아 더 붉어 보였다. 문득 핏빛 같다는 생각이 스치는 걸 미유는 얼른 털어 버렸다. 지수가 돌려주며 마침 생각난 듯 말했다.

“아! 신시가지에 큰 액세서리 가게 생겼더라. 이따 함 같이 가볼래?”

석경이가 바로 호응했다. 미유도 어깨를 으쓱하다 하는 수 없이 고개를 끄덕끄덕했다.

신시가지는 버스로 두 정거장 거리였다. 해가 긴 여름 끝 무렵이라 해도 학원 수업을 마친 뒤여서 거리는 벌써 어둑어둑했다. 걸어도 되지만 석경이와 지수는 마음이 바빴다. 빨리 가보고 싶다는 성화에 셋은 우르르 버스 정거장으로 몰려갔다.

셋이 버스를 기다리며 정거장에서 재잘거릴 때였다. 갑자기 석경이가 빽 소리를 지르는가 싶더니 뒤를 보고 미친 듯이 욕을 해댔다.

“아, 씨! 어떤 새끼야?”

정거장에 서 있던 사람들이 휘둥그레진 눈으로 석경이 쪽을 보았다. 미유와 지수도 놀라 석경이를 바라봤다.

"야, 너 왜 그래?"

석경이는 두 사람 말에는 아랑곳 않고 이를 악물며 돌아서서 계속 악악거렸다.

"누구야! 손모가지 분질러지고 싶어? 어딜 만져!"

석경이 뒤에 있던 어떤 남자가 우물쭈물하는가 싶더니 마침 정거장에 들어서는 버스에 허둥지둥 올라타고 있었다.

"야! 어딜 도망가! 그 나이 먹고 창피하지도 않냐? 그렇게 살고 싶냐고!"

버스에 오른 남자는 얼굴을 보이지 않으려 애쓰며 얼른 뒤쪽 사람들 속으로 파고 들어갔다. 씩씩거리던 석경이는 그제야 멍해 있는 미유와 지수 쪽으로 돌아섰다.

"뒤에서 자꾸 엉덩이를 만지잖아. 아닌 척하면서……."

미유와 지수 눈이 동그래졌다.

"정말? ……너 난리칠 만하다."

"그러게."

"잊을 만하면 한 번씩 나타난다니까. 저런 인간들."

셋은 잠시 할 말을 잊었다. 머리끈 사러 가며 들떴던 기분이 팍 가라앉아버렸다. 미유는 애써 친구들 기분을 돋웠다.

"그나저나 그 남자, 너 중딩이라고 만만하게 봤다가 식겁 좀

했겠는데?"

미유 말에 지수도 다시 생기를 찾았다.

"아까 알았으면 우리도 같이 욕해주는 건데!"

석경이가 픽 웃었다.

"욕은 아무나 하냐? 나야 평소에 욕 스킬을 연마해놨으니 이럴 때 곧바로 나오는 거지."

"욕은 왜 연마한 건데?"

"한두 번 당해? 저런 인간들은 상습범이야. 어설프게 대했다간 오히려 나만 이상한 사람 된다니까? 된통 퍼부어주지 않으면 다른 사람한테도 또 그런 짓 할 거고."

미유와 지수는 고개를 끄덕였다. 미유는 제가 배우고 있는 검도 호신술보다 석경이의 욕 폭탄이 훨씬 강력한 무기처럼 느껴졌다.

신시가지 가는 버스가 정거장으로 들어서고 있었다. 버스 안에서도, 버스에서 내려서도 셋은 그 이야기를 이어갔다. 학교에서 걸핏하면 팔뚝 맨살 안쪽을 꼬집고 복장 지도라며 교복 치마를 자로 툭툭 쳐대는 오대오 선생과 야릇한 눈길로 몇몇 아이들을 한참씩 보곤 하는 뽕선생 이야기도 빼놓을 수 없었다. 근처 여고 앞에 출몰하는 바바리맨 근황은 더 가관이었다.

"그 인간 바바리 밑에 바지 입은 척하느라고 맨 다리에 무릎

아래만 발 토시를 했더란다."

석경이 말에 미유와 지수가 잠시 멍해 있더니 곧 머리 뜯는 시늉을 했다.

"으악! 말하지 말지. 상상해버렸잖아."

신시가지 상가 액세서리 가게에도 미유가 한 것과 같은 빨간 머리끈은 없었다.

집은 텅 비어 있었다. 엄마는 요새 미유 막내 이모 희정 씨 결혼 준비로 정신이 없었다. 아직도 6개월이나 남았다면서 뭘 그렇게 서두르는지 매일같이 바빴다. 엄마는 먼 곳에 사는 외할머니 대타로 어쩔 수 없이 하는 것뿐이라고 했지만, 미유 눈에는 엄마 자신도 들떠 있는 것처럼 보였다. 아마 일에만 매달리며 결혼 안 할 줄 알았던 동생이 늦게나마 좋은 짝을 찾았다고 선포한 게 반가워서일 거다. 외할머니도 엄마도 이모가 혼자 나이 들어가는 걸 걱정스러워 했다.

"너 그렇게 혼자 살다 나이 들면 얼마나 외로운 줄 알아? 처녀귀신 될래?"

엄마가 외할머니 말투를 흉내 내 말하면 이모는 피식 웃기만 했다.

"내가 왜 혼자야? 친구가 얼마나 많은데. 할 일도 많고. 그리고 결혼 안 해서 귀신 될 거면 세상에 귀신이 득시글득시글하게? 맨 처녀귀신 총각귀신이겠다."

미유가 웃자 이모는 한숨을 폭 내쉬었다.

"미유 애네 때는 어떨지 몰라도 요즘 내 나이쯤 된 사람들, 결혼 힘들어. 혼자 벌어 혼자 먹고살기도 힘든데 어떻게 배우자에 양가 부모며 아이까지 챙길 생각을 하겠냐고."

그러던 이모가 결혼을 결심한 거다. 사실 희정 이모는 능력 뛰어난 외국계 정보 회사 중역이었다. 일을 좋아해 결혼에는 애초부터 관심이 많지 않았다. 결혼 결심은 그만큼 뜻밖이었다.

"그렇게 좋냐?"

엄마가 놀리자 이모는 쑥스러워하면서도 행복한 표정을 감추지 않았다.

"나 아니면 안 된다고 하니까……."

"뭐 하는 사람인데?"

미유가 묻자 이모는 기다렸다는 듯이 자랑을 늘어놓았다.

"정신의학과 전문의야."

한마디로 의사라는 얘기였다. 작은 병원을 혼자 개업해 아직은 자리 잡으려 애쓰는 중이라고 했다.

"입시 스트레스 때문에 심리적으로 불안한 학생들이 많이 온다더라. 상담 받고 성적 올랐다고 소문나서 요즘 예약이 꽤 많아지고 있대."

이모 얼굴에는 자랑이 가득했다.

미유는 이모와 주고받던 말들을 떠올리며 부엌으로 갔다.

"핏. 그렇게 좋나?"

미유는 엄마처럼 중얼거리며 간식거리를 챙겨 2층 제 방으로 올라갔다. 나무 계단은 어김없이 비명 소리를 냈다.

'삐이거어억……. 삐이거어억…….'

미유는 공연히 몸서리를 치며 저도 모르게 발을 움츠렸다. 그때 갑자기 티브이 소리가 들리기 시작했다. 미유는 갸웃하다 엄마가 모르고 켜놓고 갔구나 짐작했다. 아까는 부엌 냉장고를 들여다보느라 의식하지 못했을 수 있다.

"어휴, 엄마는……."

미유는 하는 수 없이 몸을 돌려 내려와 거실 티브이 쪽으로 갔다. 티브이에서는 뉴스 중이었다.

"십대 여성 청소년에게 원치 않는 행위를 강요하고 그걸 몰래 촬영해 불법으로 유출한 범인 행적이 아직도 밝혀지지 않고 있습니다. 이 사건의 피해자인 미성년자 한 모 양은 동영상이 대량으로 불법 유포되자 이를 비관해 1년 전 목숨을 끊은 상태입니다. 사건 수사는 여전히 제자리걸음입니다."

앵커 보도에 이어 취재 기자가 거리 방송을 했다.

"1년 전 창궐시에서 발생한……."

미유는 눈이 둥그레졌다.

"엥? 우리 시에서?"

창궐시는 미유네가 사는 지역이었다. 방송 내용은 1년 전 사건이 흐지부지 잊히고 있다며 어서 진상을 밝혀내 다시 재발하지 않도록 사회에 경각심을 주어야 한다는 게 요지였다.

크게 관심 가는 뉴스는 아니었다. 미유는 티브이를 끄려고 리모컨을 찾았다. 그때 티브이 소리가 갑자기 확 커졌다. 미유는 덜컥 놀라 그 자리에 주저앉았다. 저도 모르게 심장에 손을 얹었다.

"아, 뭐야? 고물 티브이 아니랄까 봐……."

미유 가슴이 쿵쿵 뛰었다. 미유는 부러 큰 소리로 티브이 흉을 보며 다시 일어나 리모컨을 찾으려 했다. 그런데 계단이 저절로 삐걱대는 소리가 들렸다. 살갗에 까슬까슬 소름이 돋았다. 돌아볼 자신이 없었다. 계단 소리는 한 번으로 그치지 않았다.

'삐이거어억……. 삐이거어억…….'

"으아아악!"

미유는 더는 견디지 못하고 안방으로 뛰어 들어갔다. 안방문을 잠그고 창문도 잠그고 커튼을 닫고는 침대 이불 속으로 숨어들었다.

"아니야. 이걸로도 안 돼. 혹시 몰라."

미유는 벌떡 일어나 잠근 문 앞에 무거운 아빠 의자를 끌어다 놓았다. 창문은 엄마의 스타킹들을 연결해 혹시라도 잠금쇠가 풀려 열리지 않도록 양쪽 걸쇠에 꽉 묶어놓았다. 침대 이불 속에 들어가 숨자 곧 땀이 차기 시작했다. 여름이 끝나가고 있다고는 하나 아직은 열기가 식지 않은 때였다.

"엄마, 아빠. 빨리 와. 빨리……."

전화라도 해서 빨리 오라고 하면 좋을 텐데, 휴대폰을 가방에 넣어둔 채 아까 거실에 내팽개쳐놓고 들어와버렸다. 안방에는 따로 전화기가 없었다.

"엄마아……. 아빠아……."

땀에 절은 채 미유는 신음 소리를 냈다. 까무룩 잠처럼 의식이 흐려졌다.

엄마 아빠는 미유 말을 믿지 않았다. 아직도 덜 자라서 부모와 안 떨어지려고 안방이나 들락대는 아이 취급을 했다. 오늘만 안방에서 자게 해달라고 사정했지만, 쯧쯧 혀를 찰 뿐이었다.

"너 자꾸 이러면 분리불안 있나 걱정돼. 준권 씨한테 심리 상담이라도 받아볼래?"

준권 씨는 예비 이모부 이름이었다. 미유는 엄마 아빠가 엉뚱한 얘기만 하자 맥이 빠졌다. 티브이도 언제 그랬냐는 듯이 조용히 꺼진 채였다.

"됐어. 어차피 내가 무슨 말을 해도 안 믿을 거잖아."

미유는 힘없이 2층 제 방으로 올라갔다.

'삐이거어억……. 삐이거어억…….'

계단이 기다렸다는 듯이 발을 내디딜 때마다 비명 소리를 냈다.

밤이 되자 달빛이 다시 방 안으로 가득 들어찼다. 그리고 단발머리 여자가 다시 찾아왔다. 아니, 나타났다. 여자는 오늘도 고개를 있는 대로 수그리고 다리를 문질러댔다. 뭔가 답답한지 문지르는 손놀림이 더 빠르고 거칠어졌다. 손톱으로 긁기까지 했다. 치마 속에서 벌레들이 더 많이 기어 나오고 있었다. 긁은 자리에서 피가 흘러 나왔다.

미유는 토할 것 같았다. 어제만 해도 헛것을 봤거나 뭔가 착각했던 거라 여길 수 있었다. 이제는 그럴 수 없었다. 눈앞에 엄연히 마주하고 있는 실체였다. 티브이와 계단 소리 때문에 놀라 일으켰던 소동도 괜한 게 아니었다. 인정하기 싫어도 해야만 했다. 미유는 책상 옆에 무너지듯 주저앉았다. 쭈뼛쭈뼛하는 몸을 마구 문지르며 간신히 입을 뗐다.

"누, 누구? 사, 사람 맞아……요?"

미유는 떨지 않으려고 목울대에 힘을 주었다. 그 바람에 말끝에 벌써 맥이 풀렸다. 단발머리 여자는 고개를 들더니 긁던 걸 멈추고 미유 앞으로 기어 오려고 했다. 미유는 기겁을 했다.

"저리 가! 저리 가. 나한테 오지 마!"

미유 말에 여자는 슬픈 얼굴로 바라보다 모습이 흐릿해지기 시작했다. 그러더니 곧 눈앞에서 사라졌다. 미유는 일어나 여자가 앉았던 자리를 한참 기웃기웃 살펴보았다. 아무 흔적도 남아 있지 않았다. 방바닥에 피가 묻어 있지나 않나 들여다보았지만 어떤 것도 찾을 수 없었다.

혹시나 싶어 미유는 단발머리 여자가 앉아 있던 자리에 팔을 뻗어 휘둘러봤다. 역시 아무것도 없었다. 미유는 정신이 번쩍 들었다. 분명 꿈도 착각도 아니었다.

"유, 유령인가 봐."

미유는 허둥거리며 방문을 열고 튀어 나가 엄마 아빠를 불러 댔다. 삐걱거리는 계단도 상관 않고 우당탕거리며 내려갔다. 티브이를 보다 거실 소파에서 코를 골며 자고 있던 아빠가 겨우 반쯤 눈을 떴다.

"미유, 왜?"

"아빠. 내 방에 방금……."

막상 말을 하려니 스스로 생각해도 어이가 없었다. 그래도 해야 했다.

"어떤 여자가 나타났어. 어, 언니뻘 되어 보여. 하얀 옷을 입고……."

"처녀귀신이래?"

아빠는 도로 눈을 감으며 중얼거리고는 몸을 뒤척여 모로 돌아누웠다. 미유는 한숨을 푸 내쉬었다. 말한 자신이 바보 같았다. 안방은 조용했다. 엄마 잠까지 깨웠더라면 분리불안 소리를 한 번 더 들어야 했을 거다. 미유는 머리를 흔들며 2층 방으로 도로 올라왔다. 그러고는 조심스레 방문을 열었다. 아까 그 단발머리 여자가 혹시 다시 나타나 방을 차지하고 있지 않을까 걱정이 됐다. 방은 아무 일도 없었던 듯 원래 그대로였다.

미유는 그래도 불안해 한 발 딛고 멈췄다가 또 한 발 내딛으며 조심조심 안으로 들어갔다. 대체 누가 방 주인인지 알 수가 없었다. 아무리 생각해도 그 여자 유령이 주인이고 자신은 한갓 손님 같았다. 그것도 제대로 초대도 받지 못한…….

미유는 쭈뼛쭈뼛하는 몸을 간신히 침대 속에 구겨 넣고 얼른 이불을 덮어썼다. 얇은 이불이 이 순간은 대단한 보호막처럼 느껴졌다. 아빠 말이 퍼뜩 다시 떠올랐다.

"정말…… 처녀귀신?"

미유는 심장이 쿵 떨어지는 것 같았다. 말로만 듣던 처녀귀신을 눈앞에서 진짜로 만난 걸까? 아무리 생각해도 아빠 말대로 처녀귀신이 틀림없는 것 같았다. 미유는 거의 잠을 설친 채 다음 날을 맞았다. 밤새 길고양이가 아기 울음소리를 냈다.

“뭐어? 처녀귀이신?”

석경이와 지수는 미유가 마치 한심한 소리라도 한다는 듯이 말꼬리를 늘였다. 미유는 절박했다. 두 사람 팔을 잡고 그간 있었던 일들을 남김없이 말해주었다. 얘기를 마치자 진이 빠져 몸이 절로 의자에 털썩 무너졌다.

“그럼, 큰일이잖아.”

지수가 하나마나 한 소리를 했다. 석경이는 한술 더 떴다.

“처녀귀신 보면 결혼 못 한다는데……. 너, 어떡해?”

미유는 가만히 있을 수가 없어 간신히 힘을 내 중얼거렸다.

“지금 결혼이 문제야?”

석경이와 지수가 어깨를 으쓱했다.

“아니, 그냥 말이 그렇다는 거지.”

둘은 어두운 미유 얼굴을 보자 곧 같이 심각해졌다.

“정말 왜 자꾸 나타나는 걸까? 그 집이 이상한 건가…….”

미유와 친구들은 다 같이 검색을 해보기 시작했다.

“피하면 안 된대. 피할수록 해를 입는대.”

“뭔가 사연이 있어서 찾아오는 거라는데? 자기 억울함 호소

하려고.”

이해할 수 없는 얘기였다. 무슨 억울함인지는 몰라도 그걸 왜 하필이면 별 힘도 없는 미유에게 찾아와 호소하려는 걸까?

셋은 처녀귀신 퇴치법도 같이 찾아보았다. 할 수 있는 게 별로 없었다. 귀신이 되기 전에 얼른 손을 써야 한다는 내용만 많았다. 지금 그나마 가능한 방법은 총각인 채 세상을 뜬 몽달귀신을 찾아내 결혼식을 올려주는 것뿐이었다.

“몽달귀신은 또 어디서 찾아?”

“그래서 너한테 찾아달라고 오는 거 아냐? ‘안 그러면 네 남친을 데려가겠다. 으흐흐’ 하면서.”

미유는 눈살을 찌푸리며 고개를 저었다. 그런 일을 왜 고작 중학생인 자기에게 부탁하러 오겠는가. 그 때문에 나타난 게 분명 아닐 거다. 대체 무슨 사연이 있기에 제 앞에 자꾸 나타나는 건지, 어떡하든 알아내야 할 것 같았다. 석경이가 더 검색해보는가 싶더니 혼잣말처럼 중얼거렸다.

“처녀귀신은 원혼이 안 풀리면 총각이나 결혼을 앞둔 처녀를 찾아가 해코지를 한다네. 결혼 못 하게 방해하고……. 그렇다면 더 이상하잖아. 정말 왜 아직 남친도 한 번 못 사귀어본 미유한테 찾아오는 걸까?”

미유는 석경이를 째려보다 퍼뜩 무언가가 머리에 스쳐 갔다.

'결혼하는 처녀? ……희정 이모?'

미유는 희정 이모를 많이 닮은 편이었다. 둥글둥글한 인상인 엄마보다는 갸름하고 길쭉한 희정 이모 얼굴과 눈매에 더 가까웠다. 깡마른 채 키만 멀쑥한 것도.

'혹시 나를 희정 이모로 알고?'

그래서 해코지를 하려고 나타난 걸까? 결혼 못하게 방해하고? 만약 그렇다면 큰일이었다. 이모에게 당장 알려줘야 할 것 같았다. 무슨 수를 쓰라고 말이다. 아니다. 오히려 끝까지 비밀로 해야 할 것 같았다. 차라리 철저하게 이모 행세를 하며 결혼식 때까지 단발머리 귀신이 이모 존재를 모르도록 하는 게 맞을 것 같았다. 다시 생각해봐도 역시 그 방법뿐이었다. 미유는 마음이 조급해졌다.

'이모는 내가 이렇게 희생정신을 발휘해 결혼을 도우려고 하는 것도 모르고 있겠지?'

하지만 그 얘기를 들은 친구들은 단번에 고개를 저었다.

"이미유. 누가 너를 결혼 앞둔 처녀로 봐? 귀신이 바보냐?"

"속일 걸 속여라. 만약 정말로 너를 네 이모로 알고 온 거면 그 귀신도 어지간한 거지. 아마 다른 목적이 있을 거야."

"그럴까?"

미유는 힘없이 중얼거렸다. 석경이와 지수가 걱정스레 물었다.

"우리가 같이 가서 있어줘? 혼자 있기 무서우면……."

미유는 고개를 저었다.

"괜찮아. 뭔가 나한테 온 이유가 있겠지."

둘은 힘내라는 뜻으로 미유 팔을 꼭 잡아주었다.

"미유니?"

엄마가 씻으러 간 사이에 휴대폰이 울렸다. 이모였다. 미유는 어쩐지 콧등이 시큰해졌다. 아무것도 모르는 이모. 자신의 행복을 지켜주기 위해 조카가 어떤 시련에 맞서고 있는지도 모르는 이모. 미유는 저보다 스무 살도 더 먹은 이모가 마치 제가 보호해야 할 아이처럼 느껴졌다.

"이모. 결혼 준비 잘돼?"

이모는 조카의 마음도 모른 채 명랑하게 말했다.

"나보다 네 엄마가 더 신경 쓴다 야. 결혼식이야 간단하게 하면 그만인데."

미유는 말없이 고개만 끄덕였다.

"그나저나 미유야. 그 사람이 너 보고 싶대. 놀러 좀 오라 그러더라. 맛있는 거 사준다고."

몇 달 전 가족 외식 자리에 이모가 데려와 딱 한 번 인사를 한 적은 있지만, 얼굴이 잘 기억나지 않았다. 명색이 예비 이모

부인데, 너무 무심했다는 생각이 들었다.

"병원하신댔지? 어디였더라? 근데 이모, 나 미안한데 얼굴을 까먹었어. 둘이 찍은 사진 하나 보내봐. 잘 나온 걸로. 그리고 나 언제라도 갈 수 있어. 이모 퇴근할 때쯤 그쪽으로 갈까?"

"그래도 되고. 난 월말이라 회사 일이 좀 바쁠 텐데, 그 사람은 너 혼자라도 괜찮대. 청소년들 많이 상대해서 그런지 너희 또래 코드에 꽤 잘 맞추는 것 같더라. 따분하진 않을 거야."

전화만으로도 이모가 행복해하는 모습이 절로 그려졌다. 전화기는 곧 씻고 나온 엄마에게로 넘어갔다.

미유는 두 사람이 주고받는 얘기를 듣고 싶어 옆에서 어물쩍대며 티브이를 켰다. 뉴스 시간이었다. 티브이를 독점하다시피 하는 아빠가 거의 고정으로 보는 채널이라 미유네 티브이는 뉴스 전용이나 다름없었다. 티브이는 무음 상태인 채 벙긋거리는 앵커 아래로 자막만 떴다.

"불법동영상 대량 유포 비관 자살 청소년 한 모 양 사건, 수사 박차."

티브이 소리가 갑자기 확 커졌다. 커진 티브이 소리에 놀란 엄마가 리모컨을 든 미유에게 눈을 흘기다 전화기를 귀에 붙인 채 안방으로 들어갔다. 미유는 제가 그런 거 아니라고 손을 내젓다 그만두었다. 온몸이 싸늘해졌다. 분명 볼륨 버튼은 만지지 않은 채였다. 알 수 없는 불길함이 다시 꿈틀꿈틀 깨어 일어났다.

기자의 리포트 내용은 전과 크게 다르지 않았다. 언론의 역할 운운하며 조금은 생색내듯 1년 전 사건을 다시 끄집어내 되뇌고 있을 뿐이었다. 진실을 밝히려는 자기 방송사의 노력을 부각시키는 데에 더 공을 들이는 느낌이었다.

미유는 벌떡 일어나 티브이를 끄고 거실 한쪽 컴퓨터로 갔다. 검색 창에 뉴스에서 본 단어들을 조합해 넣어보았다. 미유만 모르고 있었는지 관련 기사가 산더미처럼 떴다.

'최초 유포자 추적 실패', '미성년자 상습 추행 의심' 같은 제목들이 가장 많았다. 방송에서는 한 모 양으로만 보도했는데, 인터넷 기사에는 열여덟 살 한유미라고 이름과 나이가 공개된 것들도 있었다.

"유미? 내 이름 거꾸로잖아. 기분 이상하네."

미유는 너무 많은 기사 내용들에 어지럼증을 느끼며 이미지 창을 열었다. 백문이 불여일견이었다. 그 많은 글들을 읽기 전에 먼저 눈으로 보는 게 빠를 것 같았다. 문제가 되었다는 불법 동영상들도 올라와 있었지만 클릭해보면 실제로는 삭제되었거나 미성년이라 접근할 수 없다는 메시지만 떴다.

미유는 사진 쪽을 열었다. 사진 속 한유미는 앳되면서도 싱

그럽고 발랄해 보였다. 그저 평범한 그 나이 학생다웠다. 하지만 스크롤을 움직여 이미지들을 훑어 내리다 미유 눈은 점점 얼어붙기 시작했다. 어깨에 찰랑거리는 단발머리 뒷모습. 어깨와 등은 벗은 채 단발머리를 대충 끌어 모아 묶은 빨간 머리끈이 도드라지게 눈에 들어왔다. 미유는 고개를 저었다.

'아닐 거야. 설마……. 세상에 같은 물건이 한두 개인가 뭐.'

하지만 그 생각도 곧 무너졌다. 더 아래쪽 사진에는 믿고 싶지 않은 배경 모습이 그대로 담겨 있었다. 위의 단발머리 인물임이 분명한 소녀가 상체를 내밀고 있는 담쟁이 빼곡한 창문. 지금 미유네가 사는 바로 이 집이었다. 창문 역시 미유 방 창문이었다.

온몸에 냉기가 끼쳤다. 얼음물을 들이부은 듯 머리끝부터 발끝까지 몸속 신경세포들이 모두 곤두섰다. 무언가가 미유 몸을 타고 오르며 칭칭 휘감는 것 같기도 했다. 그게 담쟁이 덩굴인지, 머리끈인지는 알 수 없었다.

검은 진창이 발아래에서 미유 몸을 끌어내리는 기분이었다. 엄마는 아까 벌써 통화를 끝내고 외출한 뒤였다. 아빠와 이모, 예비 이모부랑 저녁 식사를 하겠다고 했다. 무슨 공연도 볼 거라 늦을 거라는 말도 덧붙이고 나갔다.

미유는 얼이 빠진 채 2층 방으로 삐거덕삐거덕 걸어 올라갔다. 아무리 무서워도 맞닥뜨려야 했다. 두렵지만 기필코 들어볼 작정이었다.

"하필이면 왜 우리 가족인데? 왜 난데?"

미유네가 이 집으로 이사 오게 된 거나, 미유 앞에만 이상한 여자가 자꾸 나타나는 거나, 분명 이유가 있을 것 같았다. 무슨 이유인지 반드시 알아야 했다.

미유는 책상 앞에 앉아 기다리기 시작했다. 마냥 시간이 흘러갔다. 창밖엔 어느새 달이 높이 떠 있었다. 달빛이 창문 안으로 쑥 밀려드는 것 같았다. 잠깐 바람이 이는 듯도 했다.

방 안은 그새 달라져 있었다. 미유는 이제 그 차이를 알고 있었다. 벽장 앞에 단발머리 여자가 고개를 수그린 채 앉아 있었다. 미유는 저도 모르게 마침 머리에서 풀어 손에 들고 있던 빨간 머리끈을 손이 아프도록 움켜잡았다.

"저기요. ……이름이 한유미 맞아요?"

몸이 떨려 뒷걸음질을 치고 싶은 걸 죽을힘을 다해 버티면서 꺼낸 말이었다. 단발머리 여자는 고개를 들고 슬픈 눈으로 미유를 바라보았다. 달빛 탓인지 여전히 흐릿한 모습이었다. 얼굴 아래 부분도 역시 흐릿했다. 아무리 봐도 입이 보이지 않았다.

"왜 자꾸 내 앞에 나타나는 건데요? 뭐 할 말 있으세요? 나 키는 좀 되지만 아직 열다섯 살밖에 안 먹었거든요. 돈도 없고요. 뭐 시켜도 할 수 있는 일 별로 없을 거예요."

단발머리 여자는 미유를 잠자코 바라보기만 했다. 입이 없어 말을 하고 싶어도 못 하는 것 같았다. 눈은 깜깜한 동굴 같았다. 미유 머리에 문득 친구들 말이 떠올랐다.

"아, 혹시 짝 찾아달라고 나한테 부탁하러 오는 거예요? 영혼 결혼식 치러주면 안식을 얻는다면서요. 근데 있잖아요. 난 아는 총각 귀신이 아무도 없어요. 멀쩡하게 살아 있는 남자도 아는 사람은 아빠뿐이라서……. 아빠는 벌써 결혼을 했으니 됐고, 아! 예비 이모부도 있긴 하네."

그 순간 미유는 제 입을 때려주고 싶었다. 이렇게 입방정을 떨다니.

'어휴, 내가 못살아. 나도 모르게 줄줄 떠들어댔네. 큰일 났다.'

그런데 뜻밖인 건 단발머리 여자의 반응이었다. 얼굴이 무섭게 변하며 마구 고개를 내저었다.

"아…… 아니에요? 그, 그럼 뭐지?"

미유는 당황해 허둥거렸다. 단발머리 여자가 미유를 가리키며 가만히 손을 뻗었다.

"나, 나요? 내가 왜?"

단발머리 여자 손끝은 머리끈을 쥔 미유 손을 가리키고 있었다.

"아! 이거요? 이 머리끈? 아하! 이거 말하는 거였구나. 이거 주인이라는 거지요? 그래서 자꾸 찾아온 거였어요? 자요. 나 이거 안 가질 거예요."

미유는 들고 있던 머리끈을 내밀었다. 단발머리 여자는 여전히 고개를 저었다.

"이, 이거 돌려 달라는 거 아니었어요? 이것도 아니면 대체 뭐예요?"

미유는 속이 답답했다. 그때 아래층에서 엄마 아빠가 부르는 소리가 들렸다. 이모, 예비 이모부와 약속을 마치고 막 돌아온 거였다. 미유는 방문 쪽으로 슬금슬금 몸을 움직이며 간신히 큰 소리를 내 대답했다.

"어, 으응! 알았어! 내려갈게."

단발머리 여자는 모습이 희미해지며 사라졌다. 아래층으로 내려갔을 때 엄마 아빠가 해준 얘기는 뜻밖이었다.

"그 사람은 오늘 안 나왔어. 나오다가 무슨 급한 연락을 받았나 봐. 의사협회 세미나에 발표할 프레젠테이션 자료를 보냈는데, 그게 뭐 잘못됐다나, 이상한 거랑 바뀌었다나. 암튼 해결되는 대로 오겠다고 했는데 못 왔지 뭐니. 네 이모랑 우리끼리만 놀고 왔어."

그러면서도 엄마 아빠는 예비 이모부가 미유 놀러 오기 많이 기다리더라고 이모가 전해준 말과 병원이 꽤 유명하더라는 말은 빠뜨리지 않았다. 두 사람은 미유가 보았다는 처녀귀신 얘기에는 도통 귀를 기울이려 하지 않았다. 막내 이모가 처녀귀신 될까 봐 걱정하던 외할머니 잔소리가 이제 쏙 들어갔다는 얘기만 웃으며 했다.

미유는 엄마 아빠에게 인터넷에서 찾아놓았던 단발머리 한유미의 모습과 담쟁이덩굴이 뒤덮고 있는 집 사진을 보여주려다 내일로 미뤘다. 이 집의 비밀을 알면 엄마 아빠도 여간 놀라지 않을 터였다. 한밤중에 얘기 꺼낼 엄두가 나지 않았다.

다음 날 석경이와 지수는 미유 말을 듣고 얼굴이 딱딱하게 굳었다.

"그런 끔찍한 사건의 주인공이었다니! 안됐다."

"근데 정말 왜 하필 너네 집일까? 너 조심하라고 경고하는 건가?"

"그러니까 그게 대체 뭐냐고. 무슨 경고냐는 거지."

말을 하면서도 머리가 아파왔다. 미유는 이해할 수가 없었다. 대체 그 사건과 자신이 무슨 상관이란 말인가. 자신은 이상한 동영상 같은 건 찍은 적도 없다. 앞으로 찍을 생각도 없다. 물론 한유미도 절대 원하지 않았는데 찍힌 거라고는 하지만…….

석경이가 고개를 절레절레 흔들었다.

"자기도 모르게 찍히는 일도 많으니까, 그게 문제지. 화장실 몰카 얘기 못 들었어? 지하철 계단 올라갈 때 밑에서 찍는 놈들도 있대. 남의 SNS 사진 불펌해서 끔찍하게 합성해 퍼뜨리는 놈도 있고. 이번처럼 대놓고 폭행 영상 찍어 올리는 인간은 그중에서도 최악의 쓰레기겠지."

석경이 말에 미유는 오소소 소름이 돋았다. 지수도 한 차례 몸서리를 쳤다.

"그러게. 사귀다 두들겨 맞질 않나, 억지로 끌려가서 당하질 않나, 그러고 목숨까지 뺏기질 않나. 여자로 살아가기 진짜 겁난다."

미유는 마음이 더 무거워졌다.

"무사하게 사는 게 기적 같다."

"맞아. 그러니 억울한 일 당하고 죽으면 눈도 못 감는 거야. 원혼으로 떠도는 귀신이 되는 거지. 처녀귀신도 그런 거 아니겠어?"

미유가 중얼거린 말에 석경이가 제 생각을 덧붙였다. 그러고 보니 처녀귀신이 단순한 게 아니었다. 그저 결혼 못한 한이나 풀어주면 된다고 여겼던 풍습들이 더 이상하게 느껴졌다.

지수도 그 생각이 났는지 어이없는 표정을 지었다.

“시집 안 간 여자가 죽잖아? 그럼 사람 많이 다니는 길 한복판에 그 뼈를 묻어주었대. 남자들이 많이 밟고 다니게 해서 한 풀어 준다고. 그게 한이 풀리는 거냐? 아무한테나 막 밟히는 게? 그뿐인 줄 알아? 남자 성기 모형을 무덤에 같이 묻어주었대. 시집도 못 가고 죽은 억울함 풀라고. 근데 남자한테 나쁜 일 당해 죽은 여자라면, 그거 너무 끔찍한 일 아니야? 엄청난 폭력 아니냐고.”

석경이가 치를 떨었다.

“말도 안 되지! 귀신이 되어서라도 복수하고 싶어 하는 판에…….”

미유도 마찬가지였다.

“그래. 그런 짓 한 인간이 멀쩡한 척 사는 거 보면 정말 귀신이 돼서라도 복수하고 싶을 거야.”

셋은 서로 말을 하면서도 부르르 떨었다. 석경이가 팔짱을 끼더니 중얼거렸다.

“문제는 이게 끝난 사건이 아니라는 거지. 한유미를 죽게 만든 범인은 결국 아직 못 밝혀냈다는 거잖아.”

미유는 다시 긴장이 됐다. ‘최초 유포자 추적 실패’, ‘미성년자 상습 추행 의심’. 저장해두었던 기사 제목들만 휴대폰 화면에서 키웠다 줄였다 하며 생각에 잠겼다.

그때 새 메시지 도착음이 울렸다.

"미유야, 문자 온 거 같은데?"

지수 말이 아니어도 바로 열어서 보고 있었다.

'준권 씨 병원에서 얼마 전에 찍은 거야. 내가 바빠서 멀리 갈 새가 없었지 뭐니.'

웃음 이모티콘을 붙여 이모가 첨부해 보낸 사진 속에는 두 사람 셀카 뒤로 병원 간판이 보였다. J.K. 정신의학클리닉.

"J.K……?"

불길한 느낌이 머리를 스쳤다. 오싹 한기가 들었다. 그러다 갑자기 머리가 뜨끈해졌다. 열이 펄펄 오르려 했다. 미유는 티 주머니에 쑤셔 넣고 다니던 빨간 머리끈을 꺼내 안쪽 끝을 얼른 살펴보았다. J.K. 글씨체가 똑같았다. 아무리 봐도 다르지 않았다.

미유가 얼음처럼 굳어버리자 석경이와 지수가 의아해했다. 미유는 손을 덜덜 떨며 확대한 휴대폰 속 이니셜과 머리끈 이니셜을 둘에게 내밀어 보였다.

"어떡해. 나 어떡해……."

미유는 학원 앞 버거 집에서 친구들과 한참 얘기를 나누었다. 석경이와 지수는 힘들어하는 미유를 애를 써가며 진정시켜주었다. 그럼에도 집으로 돌아오는 미유 발걸음은 무겁기만 했다.

미유는 학교 앞길로 오다가 방학 중 당직을 서러 가는 오대오 선생을 만났다. 가르마가 머리 가운데에 있어 그런 별명으로 불리는 선생이었다. 오대오는 미유을 보고 영락없이 팔을 슬쩍슬쩍 잡으며 일장연설을 하려 들었다.

미유는 더 들을 것도 없이 재빨리 인사를 남기고 그 자리를 피했다. 아직 방학이 안 끝나 뽕선생의 야릇한 눈길을 안 봐도 되는 것만도 다행이라는 생각이 들었다. 여고 앞에 뻰질나게 출몰하는 바바리맨이라도 마주칠까 봐 걸음을 더 빨리했다.

집에 들어서자 희정 이모가 나와 반겼다.

"미유야! 왜 이렇게 늦었어? 너 보고 싶어서 직접 왔잖아."

"어? 이모. 바쁘다더니……."

"그래도 오늘은 금요일이잖아. 이럴 때 시간 안 내면 언제 너 보러 오겠니?"

혼자 온 게 아니었다.

"자, 이쪽도 실컷 보십시오! 얼굴 생각 안 난대서 직접 체포해 왔으니까. 사진 한 장 보낸 걸로는 안 될 것 같아서. 확실한 방법이죠, 조카 님?"

이모는 함박웃음을 머금은 채 미유에게 즐겁게 말장난을 했다. 이모 뒤에서 젊은 남자가 한 손을 들었다 내렸다. 잠시 어정쩡하게 일어나는가 싶다가 도로 앉기도 했다. 사진으로 본 것보다 더 말끔하고 잘생긴 얼굴이었다. 옷차림도 세련되고 젊어 보였다. 그런 겉모습으로 이모 환심을 산 게 틀림없었다. 이모가 장난스럽던 얼굴 표정을 바꾸며 흉을 보았다.

“근데 미유야. 저 사람 진짜 이상한 거 있지. 너네 집에 안 오려고 그러지 뭐야. 처음엔 당연히 가겠다 해놓고 이 동네 와서는 딴 소리 하더라니까. 여기 사는 줄 몰랐다느니, 언제 이사 왔냐느니. 아니, 내 언니 집 오는데 뭘 그렇게 미리 알려줘야 할 게 많다니. 후후. 암튼 웬 말이 그리 많던지, 아주 성가셔서 혼났다.”

엄마는 주방에서 음식을 차려 내느라 바쁘고, 아빠는 무언가를 사러 나간 중이었다.

미유는 이모에게 가만가만 말했다.

“이모, 미안해.”

이모는 그게 무슨 말인가 싶어 고개를 갸웃했다.

미유는 잠자코 이모 앞을 지나 맞은편에 앉아 애써 웃고 있는 남자에게로 다가갔다. 남자가 미유를 올려다보며 한껏 친밀한 웃음을 지었다.

미유는 티 주머니에서 빨간 머리끈을 꺼내 들어 보였다.

“이거, 뭔지 알지요?”

남자 얼굴이 하얘졌다가 새파래졌다.

"그게 왜 너한테……?"

이모는 그사이에 티브이 쪽으로 가는 것 같더니 둘을 불렀다.

"와봐! 연결했어. 벌써 시작하네. 미유 오면 준권 씨가 아프리카에서 찍어 온 영상 바로 보여준댔잖아."

미유는 티브이 쪽으로 고개를 돌렸다. 남자도 얼떨결에 티브이 쪽을 보았다. 티브이에서는 전혀 다른 영상이 나오고 있었다. 어둑한 화면 속 빨간 머리끈으로 단발머리를 대충 골라 묶은 웬 소녀의 벗은 뒷모습 영상이었다. 소녀는 서서히 몸을 돌려 앞을 보려고 했다.

"저, 저게 왜! 부, 분명 없앴는데……."

남자 얼굴은 아까보다 더 창백해졌다. 남자는 두서없이 지껄이며 티브이 쪽으로 황급히 갔다. 이모 손에서 리모컨을 빼앗아 마구 눌러댔다. 리모컨은 전혀 먹지 않았다. 남자는 리모컨을 집어던지고 티브이로 곧장 가 전원 버튼을 눌렀다. 전원 버튼 역시 전혀 작동하지 않았다.

티브이는 어떤 조종에도 바뀌지 않고 영상을 계속 보여주었다. 화면 속 인물은 어느새 다른 소녀로 바뀌어 있었다. 이번에는 침상에 엎드려 있는 모습이었다. 빨간 머리끈을 묶고 있는 건 여전했다.

티브이 전원 버튼이 먹지 않자 남자는 전선 코드를 찾아 콘센트에서 뽑아버렸다. 그래도 티브이 영상은 말짱했다.

소녀가 싫다고 하는 소리, 우는 소리가 영상 안에서 흘러 나왔다. 놀란 이모가 부들부들 떨고 있었다.

"주, 준권 씨. 대체 이, 이게 다 뭐야?"

부엌에서 쫓아 나온 엄마와 방금 현관 안으로 들어선 아빠도 놀라 입을 못 다문 채 거실 풍경을 넋이 빠져 바라보았다.

남자가 할 말을 못 찾겠는지 입으로 헛김만 내뿜고 있었다. 미유는 놀라 떨어지지 않는 발을 억지로 움직여 다가가며 빨간 머리끈을 들어 보였다.

"바로 이거, 맞죠?"

남자가 세차게 고개를 저었다.

"아냐! 오지 마. 아냐!"

이모가 혼이 빠진 눈으로 미유를 보았다.

"설마……. 미유야, 아닐 거야. 설마. 이 사람도 아니라잖아."

미유는 입술을 깨물며 말을 꺼냈다.

"이모. 나도 믿고 싶지 않아. 그런데, 다 사실이야. 이거 내 벽장에 있었어. 내 방, 누가 살았는지 알아? 아까 저 영상 맨 나중에 나왔던, 그 언니 방이었어."

이모 얼굴이 안쓰러울 만큼 창백해졌다.

"요새 뉴스에 나오는 1년 전 동영상 사건."

미유는 남자 쪽을 보고 마저 말했다.

"이름 한유미, 맞죠?"

남자가 자기 머리를 잡고 머리카락을 마구 잡아 뜯더니 주먹으로 티브이를 마구 두들겨댔다. 아빠가 놀라 소리쳤다.

"무슨 짓이야? 자네 미쳤나?"

엄마가 다가가 팔을 잡으며 말리려 했다. 남자는 엄마를 뿌리치고 티브이를 거실 바닥에 엎어버렸다. 남자가 티브이를 마구 짓밟고 밖으로 나가려 했다. 엄마가 소리를 질렀다.

"거기 서! 여보, 그놈 좀 잡아요!"

아빠는 엄마가 소리치기 전에 이미 남자 덜미를 잡아채고 있었다. 남자가 욕을 하며 거세게 뿌리쳤지만 아빠 완력도 만만치 않았다. 엄마가 달려가 거실 입구에 장식품으로 놓아두었던 주물 동상으로 남자 등을 후려쳤다.

"이거 순 개망나니 놈 아냐? 본색 탄로 나니까 내빼려 들어?"

주물 동상에 등을 맞은 남자가 휘청했다. 아빠가 남자를 거실 바닥에 거꾸러뜨리며 이모에게 소리쳤다.

"어서 경찰 불러!"

이모가 전화기를 든 채 손을 덜덜 떨고 있었다. 미유는 얼른 다가가 버튼을 눌러주었다. 아빠는 얼른 엄마에게 뭔가 묶을 걸 찾아오라고 했다. 엄마는 허둥지둥 안방에서 긴 스카프를 갖고 와 아빠에게 건넸다. 아빠는 진땀을 비 오듯 흘리며 버둥거리는 남자를 깔고 앉아 팔을 뒤로 꺾어 묶었다. 집 밖에서 경찰차 사이렌 소리가 울렸다.

남자가 끌려간 뒤 모두들 얼이 빠진 채 거실에 널브러졌다. 미유는 침묵을 깨고 세 사람에게 한유미가 거듭 찾아온 이야기를 천천히 해주었다. 빨간 머리끈에 새겨진 J.K. 이니셜도 보여주었다. 컴퓨터를 켜 사진과 기사들도 보여주었다.

"그래서 자꾸 찾아온 거 같아. 알려주려고. 조심하라고……."

이모가 누구보다 충격이 컸다. 이모는 숨이 잘 쉬어지지 않는다며, 몇 번이고 깜깜한 마당에 나가 밤하늘을 올려다보다 들어왔다.

"나도 이상한 일이 없진 않았어. 아마 나를 먼저 찾아 왔던 것 같아. 그런데 나는 일이 바빠서 아무 생각도 하지 못했어. 어쩌면 너무 확고하게 믿고 있어서 다른 생각 자체를 아예 할 수 없었는지도 몰라."

미유는 이모에게 다가가 가만히 안아주었다.

그날 밤, 달은 어김없이 담쟁이로 둘러싸인 미유네 이층집 위로 환하게 떠올랐다. 미유 방 격자창 안으로도 달빛이 가득

스며들었다.

미유는 조용히 들어와 벽장 앞에 서서 저를 보고 있는 단발머리 유미를 마주 보았다. 유미 모습은 전처럼 희미하지 않았다. 치마 아래 종아리도 깨끗했다. 얼굴 아래 부분도 뚜렷했다. 유미 입이 비로소 보였다.

미유는 담담하게 물었다.

"말할 수 없어 힘들었지요?"

유미는 안타까운 웃음을 지었다. 미유도 착잡한 얼굴로 마주 웃어주었다.

"얘기하고 싶었던 거, 내가 다 들은 거 맞아요?"

유미가 고개를 끄덕였다.

미유가 잠시 침묵하다 다시 물었다.

"또…… 올 거예요?"

유미는 가만히 고개를 저었다. 미유는 잠자코 고개를 끄덕였다. 지루하게 이어지던 여름이 이제 끝났음을 알리는 소슬바람이 불어왔다. 창문 밖 담쟁이 잎들이 사라락 사라락 바람을 흔들며 경쾌한 노래들을 부르고 있었다.

재차의를 찾아서

정명섭

1.

부슬부슬 비가 내리고 있다. 우산을 든 동찬이는 휴대폰으로 거리를 찍다가 짜증을 냈다.

'이런 걸로는 안 될 것 같은데.'

이렇게 비까지 오는 밤에 으슥한 골목을 뒤지게 된 것은 며칠 전 우연찮게 UCC 공모전을 한다는 기사를 봤기 때문이었다.

아이돌들이 사랑하는 새빛 화장품에서 나만의 UCC 공모전을 통해 일상에서 볼 수 없는 신기한 모습들을 찾습니다. 학생 여러분! 상금 천만 원과 최신형 카메라에 도전하세요!

상금이 천만 원이나 되었고 부상으로 카메라까지 주어졌기 때문에 욕심이 났다. 그 돈이면 게임 구동이 잘 안 되는 낡은 데스크탑을 새것으로 바꿀 수 있었다. 그뿐인가. 덕후라고 놀리는 아이들의 코를 납작하게 해줄 아이템도 잔뜩 사 모을 수 있었다. 참가 대상이 학생들로 제한되었기 때문에 더욱 해볼 만했다.

문제는 어떤 영상을 찍느냐다. 일상에서 볼 수 없는 신기한 모습을 찍어야 했는데 서울 변두리에 있는 동네에는 아무리 뒤져봐도 그런 게 없었다. 이리저리 시간을 보내는 사이 마감 일이 다음 달로 다가왔기 때문에 속이 바짝바짝 탔다. 결국 비가 오는 오늘 같은 날에도 밖을 쏘다녀야만 했다.

'진짜 귀신이 나온다는 흉가라도 가야 하나?'

생각에 잠긴 채 걷던 동찬이는 건널목 앞에서 멈췄다. 도로 건너편 건물에 붙은 간판을 바라봤다.

'환생 장의사?'

어릴 때부터 이곳에서 살았던 동찬이에게는 낯선 곳이 아니었다. 하지만 비가 온 탓인지 뭔가 남달라 보였다.

'저길 찍어볼까?'

신호가 바뀌자 동찬이는 서둘러서 건너갔다. 그렇게 환생 장의사 문 앞까지 갔지만 막상 들어가려고 하니 발이 떨어지지 않았다.

'씨, 그 할아버지 무섭던데.'

환생 장의사 할아버지는 큰 키와 건장한 체격을 자랑했다. 한쪽 뺨과 이마에는 어마어마하게 큰 상처가 있었는데 전쟁터에서 다친 상처라는 소문이 있었다. 몇 번 마주치기는 했지만 한 번도 말을 나눈 적은 없었다. 아니, 말하는 걸 본 적이 없었다. 그래서인지 동네 사람들 사이에서는 환생 장의사에 대한 이런저런 추측들이 오갔다.

'심지어 죽은 사람들을 가지고 이상한 실험을 한다는 소문도 있었지.'

동찬이는 초등학생 시절 아이들과 나눴던 얘기를 떠올리며 피식 웃었다. 중학교로 올라와서는 그런 말을 믿지 않았다. 하지만 호기심이 남아 있던 것도 사실이었다. 생각에 잠겨 있던 동찬이의 귀에 이상한 소리가 들렸다.

'뭐지?'

쏟아지는 빗소리 덕분에 희미하게 들리긴 했지만 뭔가 끌리는 소리 같기도 하고 짐승이 내는 울음소리 같기도 했다. 확실한 건 환생 장의사 안에서 들린다는 것과 난생 처음 듣는 소리라는 것이었다.

소리에 촉각을 곤두세우며 환생 장의사 앞을 서성거리던 동찬이는 뒷골목 쪽에서 인기척을 느꼈다. 서둘러 우산을 접은 동찬이는 환생 장의사가 있는 건물과 다른 건물 사이의 좁은 틈으로 들어갔다.

건물의 벽을 따라 흐르는 빗물이 바닥에 잔뜩 고였다. 중간에 있는 쓰레기통 위로는 빗물이 통통거리면서 떨어졌다. 몸을 움츠리고 조심스럽게 지나치고 있는데 검고 작은 물체가 발목을 스치며 지나갔다. 후다닥 달려가는 뒷모습을 보니 길고양이였다.

'깜짝이야.'

놀란 가슴을 진정시키는데 뒷문이 열리는 소리가 들렸다. 동찬이는 쓰레기통 뒤에 쪼그려서 몸을 숨겼다. 골목길 중간에 있는 문이 열리고 누군가 걸어 나왔다. 남자처럼 보였는데 낡고 허름한 옷차림에 술에 취한 것처럼 비틀거렸다.

한 손으로 벽을 잡고 반대편으로 나가는 모습을 숨 죽여 지켜보는데 등 뒤에서 "냐옹!" 날카로운 고양이 울음소리가 들렸다. 조금 전 달아난 길고양이의 새끼인 듯했다. 동찬이는 새끼고양이를 얼른 품에 안았다. 비틀거리며 걷던 남자가 뒤를 돌아봤다. 동찬이는 얼른 고개를 낮추고 남자를 바라봤다.

'뭐, 뭐야?'

바짝 마른 남자의 얼굴은 마치 죽은 사람처럼 거무튀튀했다. 그뿐 아니라 새카만 눈동자에 흰자위 부분은 붉은색으로 채워져 있었다. 두 손은 검정색 페인트를 칠해놓은 것처럼 시커멨다.

겁에 질린 동찬이는 쓰레기통 뒤에서 한껏 더 몸을 웅크렸다. 다행히 고양이는 더 울지 않았고, 남자는 자기 갈 길을 갔다.

동찬이는 새끼고양이를 조심스럽게 내려놓고 휴대폰을 꺼냈다. 마음이 급한 것과 달리 손이 따라주지 않았다.

'제발!'

다행히 남자가 골목길을 빠져나가기 직전 몇 초를 영상으로 남겨놓을 수 있었다. 촬영을 마친 동찬이는 남자가 나온 문 쪽으로 가다가 문득 발걸음을 멈췄다.

'이게 무슨 냄새지?'

알코올 냄새 같기도 하고 뭔가 썩은 냄새 같기도 했다. 저절로 얼굴이 찌푸려졌다. 그뿐 아니었다. 남자가 걸어간 건물 벽에는 검은 손자국이 찍혀 있었다. 남자가 손으로 벽을 짚으면서 묻은 흔적 같았다. 손자국은 빗물에 서서히 씻기면서 사라졌다.

'대체 뭐야?'

남자가 사라진 곳을 바라봤지만 차마 쫓아갈 엄두가 나지 않았다. 멍하게 바라보는데 뒤에서 헛기침 소리가 들렸다. 뒤를 돌아보니 남자가 나온 문 앞에 환생 장의사 할아버지가 서 있었다. 동찬이는 어정쩡하게 웃으면서 인사를 했다.

"아, 안녕하세요."

말없이 노려보던 환생 장의사 할아버지는 문을 닫았다. 쿵

소리를 내면서 닫힌 문을 바라보던 동찬이는 참았던 숨을 내쉬었다. 그리고 발치에 떨어진 종잇조각을 발견했다.

하얀 종이 위에 붉은색으로 알 수 없는 한문이 잔뜩 적혀 있었다. 꼭 부적 같았다. 가만히 내려다보던 동찬이는 그걸 어디서 봤는지 기억해냈다.

'이건 할머니가 돌아가셨을 때 관에 붙어 있던 건데?'

허리를 굽혀서 부적 조각을 주우려 하자 종이 끝에서 화악 불꽃이 일어났다. 저절로 불이 붙은 부적 조각은 재로 변해서 흔적도 없이 사라졌다.

연달아 벌어진 이상한 일에 놀란 동찬이는 서둘러 골목길을 빠져나왔다. 그리고 전봇대 옆에 서서 환생 장의사 간판을 바라봤다. 겁이 났지만 동시에 호기심도 일었다.

'잘하면 좋은 그림이 나오겠어.'

우산을 펼친 동찬이는 집으로 향했다.

2.

"아빠! 아빠!"

소파에 누워서 티브이를 보던 아빠는 현관문을 부술 듯이 차고 들어오는 동찬이를 심드렁한 눈으로 바라봤다.

“공부하라니까 어딜 갔다 온 거야?”

“환생 장의사 얘기 좀 해주세요.”

아빠는 몸을 한 번 뒤척거리더니 팔로 턱을 괸 채 동찬이를 바라봤다.

“거긴 왜?”

“그냥 궁금해서요. 아주 오래되지 않았어요?”

“오래된 정도가 아니지. 내가 어릴 때부터 있던 곳이니까 말이야.”

“그럼 한 30년쯤 전이요?”

숫자에 약한 아빠는 눈살을 찌푸리면서 손가락을 접었다.

“이 동네 이사 온 게 88올림픽 때쯤이었고 장의사는 그때도 있었으니까. 적어도 그보단 더 오래전부터 있었겠지.”

“그때부터 장의사 할아버지가 쭉 했던 거예요? 키 크고 짧은 머리에 뺨에 상처가 있는 할아버지요.”

“응, 그때도 그 할아버지가 했었지. 그러고 보니 30년 동안 그대로네.”

“뭐가요?”

동찬이의 반문에 아빠는 곰곰이 생각에 잠긴 얼굴로 말했다.

“내가 초등학교 다닐 때에도 지금 모습 그대로였다니까? 그

때도 환갑을 한참 넘은 나이라고 그랬는데 말이야."

"그럼 지금 나이가 어떻게 되는데요?"

아빠는 어깨를 으쓱거리면서 리모컨을 집었다. 그리고 무시무시한 얘기를 들려줬다.

"내가 고딩 때는 좀 놀았잖아. 애들이랑 술 마시고 오는데 환생 장의사가 보이는 거야. 그래서 술김에 애들이랑 장난을 좀 쳤지."

"장난이요?"

"응. 큼지막한 돌을 던져본 거야."

엄마가 눈만 좀 무섭게 치켜떠도 깨갱하는 아빠가 그런 객기를 부리다니, 믿기지 않았다.

"간판이랑 유리창을 깼는데 안에서 그 할아버지가 나온 거야. 유리 파편을 맞았는지 얼굴이 온통 피투성이여서 진짜 무서워 보였어."

"그래서요?"

"다들 놀라서 도망쳤는데 나는 남았어."

"왜요?"

"너무 취해서 그런지 다리가 풀렸거든. 할아버지한테 붙잡혀서 죄송하다고 했지. 그랬더니 나보고 그러는 거야. 죽은 자의 안식을 방해하면 천벌을 받을 거라고 말이야. 하지만 너는 용서를 빌었으니까 넘어가겠다고 했어."

"엄청 무서웠겠네요."

"요즘 애들 말로 살짝 지렸지. 진짜 놀랄 일은 그다음에 벌어졌어. 그때 나랑 돌을 던진 애들이 갑자기 죽거나 반병신이 됐거든."

"진짜요?"

"그렇다니까. 중학교 때부터 폭주 뛰던 혁준이는 전봇대를 들이받아서 머리가 터졌고, 짜장면 집 배달 뛰던 예섭이는 트럭에 치여서 팔다리가 다 부러졌어. 시운인가 시원이도 갑자기 결핵인가 뭔가에 걸려서 1년 넘게 누웠다가 죽었고 말이야."

아빠에게서 무시무시한 얘기를 들으면서 동찬이는 그때 일어난 끔찍한 일과 어제 봤던 묘한 광경이 어떤 연관이 있을지 생각해봤다. 뭔가 이상한 일이 일어나는 곳이라는 확신을 얻었다. 골똘히 생각에 잠긴 동찬이에게 아빠가 물었다.

"그런데 그 장의사는 왜?"

"그냥 궁금해서요."

"쓸데없는 데 신경 쓰지 말고 공부나 해."

"네."

대답을 들은 아버지는 하품을 하면서 리모컨을 눌러 채널을 돌렸다.

동찬이는 환생 장의사를 소재로 UCC 공모전에 도전해보기로 마음을 굳혔다. 문제는 혼자서 들어가기 너무 겁이 난다는 것이다. 얼마간 고민하던 동찬이는 이내 흐뭇한 미소를 지었다. 이 미션에 끌어들일 녀석들이 떠오른 것이다.

3.

“그게 정말이야?”

동찬이는 진철이의 물음에 자존심이 확 상했다.

“정말이라니까. 사람 말 못 믿는 거냐?”

하지만 진철이뿐 아니라 옆에 앉아서 얘기를 듣던 영하도 믿지 않는 눈치였다.

“어떻게 죽은 사람이 다시 살아나.”

“증거를 찾았다니까.”

나중에 공개하려고 했지만 애들이 믿지 않는 이상 어쩔 수 없었다. 일단 주변을 슬쩍 살펴봤다. 지금은 방과 후 학교 수업 중이고 그중에서도 쉬는 시간이긴 하지만 개떡 같은 이 학교에서는 휴대폰을 가지고 다니다가 걸리면 얄짤없이 압수당하고 화장실 청소를 해야만 했다.

"이거 진짜 목숨 걸고 찍은 거야."

어제 환생 장의사 골목에서 찍은 사진을 본 아이들은 고개를 갸웃거렸다. 영하가 손가락으로 액정의 사진을 확대했다.

"그냥 지나가는 사람이잖아."

"이상한 것 못 느끼겠어? 여기 동영상도 있어."

내친 김에 사진을 찍은 직후에 찍은 동영상도 틀어줬다. 한쪽 손으로 벽을 짚은 채 비틀비틀 걸어가는 남자의 모습이 재생됐다.

"꼭 좀비처럼 걷는 것 같지 않아?"

"술 취한 아재겠지."

영하가 시큰둥하게 말하자 동찬이는 속이 바짝 타들어갔다. 그래서 거짓말을 좀 하기로 했다.

"내가 여름 방학 동안 유심히 살펴봤는데 말이야. 환생 장의사로 시신이 들어가고 나서 일주일 뒤엔 꼭 누군가 뒷골목으로 난 문으로 나왔어. 이건 틀림없이 좀비야."

아이들이 긴가민가한 눈으로 바라봤지만 동찬이는 확신에 찬 목소리로 답했다.

"환생 장의사라는 이름도 그래. 장의사 이름이 '환생'이라니 뭔가 의미심장하지 않아?"

아이들은 서로의 얼굴을 마주봤다. 이때 추리소설 마니아인 진철이가 입을 열었다.

"운정동 셜록 홈스로서 말하자면……."

잠시 뜸을 들인 진철이가 팔짱을 낀 채 말했다.

"의심할 구석이 있긴 해."

진철이의 호응에 동찬이는 눈을 반짝였다.

"그렇지?"

"동찬이가 본 게 사실이라면 일단 일반적인 장의사는 아닌 것 같아. 코난 도일이 쓴 「기어 다니는 남자」라는 단편에는 원숭이의 혈청을 주사하고 기어다니는 사람 얘기가 나와. 그런 것과 비슷해 보이잖아."

진철이와는 달리 영하는 여전히 미심쩍은 눈치였다.

"사람이 죽었다가 다시 살아난다는 게 말이 된다고 생각해?"

동찬이가 재빨리 반박했다.

"죽었다가 다시 살아난 게 아니라 좀비가 된 거라니까."

"그게 그거지. 그리고 좀비는 서양 귀신 아냐? 우리나라에 돌아다닐 리가 있냐?"

"우리나라에도 좀비가 있었어."

"정말?"

영하가 놀란 토끼 눈을 하자 동찬이는 기다렸다는 듯 휴대폰을 꺼내 메모장을 열었다.

"조선시대 『용재총화』라는 책에 굉장히 흥미로운 이야기가 나와."

"어떤 얘기?"

"고려 때 재상을 지낸 한종유라는 사람이 있었어. 그 사람은 젊은 시절에 양아치처럼 놀았는데 어느 날 손에 검은 칠을 하고 남편의 장례를 치르는 집에 몰래 들어갔대. 부인이 빈소 앞에서 울면서 '나를 두고 어디로 가냐'고 곡을 하고 있을 때 한종유가 병풍 뒤에 숨어 있다가 검게 칠한 손을 쓱 내밀면서 이렇게 말한 거야."

동찬이는 마른침을 삼키고 두 친구를 향해 손을 뻗었다. 이 이야기의 하이라이트였기 때문에 최대한 목소리를 가늘게 했다.

"'부인, 나 여기 있소'라고 말이야."

영하와 진철이는 피식 웃으며 진저리치는 시늉을 했다.

"이 대목에서 무서워하면 되냐?"

동찬이는 아랑곳하지 않고 말을 이어나갔다.

"그럼 거기 있던 사람들은 어떻게 했겠어?"

진철이가 대답했다.

"기절했거나 도망쳤겠지."

"맞아. '재차의가 나타났다!'라고 소리치면서 달아났대."

"재차의?"

"응. '나 여기 있다'라고 했으니 재차의在此矣라는 거야. 그 얘기는 한종유라는 사람이 장난을 치기 전부터 이미 재차의라고 부르는 괴물이 있었다는 걸 의미하지 않겠어?"

"그거랑 좀비가 무슨 상관인데?"

영하의 콧방귀에 동찬이는 어금니를 물고 답했다.

"죽어서 장례를 치르던 사람이 살아나는 게 좀비가 아니면 뭐겠어."

한창 열을 올리는 동찬이의 어깨를 누군가 꾹 눌렀다. 뇌까지 근육으로 찬 체육 선생 팔봉이였다.

"위동찬. 학교에선 휴대폰 휴대 금지, 알아, 몰라?"

무식하게 힘만 센 주제에 멋있는 척 목소리를 낮게 까니까 재수 없기 짝이 없었다. 하지만 어떻게든 위기를 넘겨야 했기 때문에 생글거리는 얼굴로 대답했다.

"애들이랑 같이 볼 게 있어서 가져왔어요, 선생님."

"야한 거 보려고?"

상상하는 수준이 한 치의 예상도 벗어나지 않는다는 생각에 동찬이는 헛웃음이 나왔다.

"아뇨. 우리 전통 설화에 관한 다큐멘터리가 있어서 다운받아 왔어요. 제가 설화 동아리반이잖아요."

"아, 그 김신애 선생님이 담당하시는 동아리?"

대뜸 목소리가 누그러진 걸 보면 팔봉이는 역시 예쁜 여자에게 약했다.

"선생님이 봐도 된다고 하셨어요."

"그래?"

넘어가나 싶어서 안도의 한숨을 쉬는데 갑자기 팔봉이의 억센 손이 휴대폰을 빼앗아 들었다.

"어쨌든 휴대폰은 압수고, 너희 셋은 3일 동안 식당 화장실 청소야."

"서, 선생님."

휴대폰을 움켜쥔 팔봉이가 셔츠 주머니에 넣어둔 청첩장을 꺼내서 동찬이 눈앞에 흔들어 보였다.

"김신애 선생 가을에 결혼한단다. 알고들 있냐?"

"네?"

이번에 놀란 건 동찬이였다.

팔봉이는 '누굴 놀려?'라는 표정으로 청첩장을 도로 집어넣었다.

"저, 정말 몰랐어요."

"청소 검사는 나한테 맡아라."

교무실로 가는 뒷모습을 보고 한숨을 쉬는데 진철이가 동찬이 옆구리를 찔렀다.

"야! 너 때문에 화장실 청소하게 생겼잖아."

영하의 눈빛 역시 짜증이 가득했다. 까딱했다가는 말도 꺼내 보기 전 모든 계획이 무산될 위기에 처한 것이다. 하지만 위기 속에 돌파구가 보이는 법. 동찬이가 회심의 한방을 날렸다.

"청소는 내가 다 할게."

진철이가 믿기지 않는다는 눈으로 동찬이를 바라봤다.

"진짜?"

"대신 나랑 같이 재차의를 찾아줘."

"그거 찾아서 뭐하게?"

"이거 때문이지."

동찬이가 신문에서 오려 온 기사를 책상 위에 놓자 영하가 고개를 꺾어서 기사를 봤다.

"새빛 화장품 주최 UCC 경진대회. 상금…… 천만 원!"

눈이 휘둥그레진 진철이가 물었다.

"정말 천만 원이야?"

"그렇다니까. 재차의를 찍으면 1등은 우리 거야."

아이들 눈이 반짝거리는 걸 본 동찬이가 외쳤다.

"콜?"

두 아이가 거의 동시에 대답했다.

"콜!"

4.

비가 부슬부슬 내렸다. 아빠의 등산복은 동찬이에게 꽤 큰 편이라 후드를 쓰면 앞이 거의 안 보였다. 전봇대 뒤에 숨어 있던 영하가 콜록거리며 기침을 했다. 코를 훌쩍거리던 영하가 하늘을 슬쩍 올려다봤다.

"금방 안 그칠 것 같은데?"

동찬이는 이러다간 친구들이 집에 돌아간다고 할지 몰라서 억지로 기침을 참았다.

"오히려 잘됐잖아. 사람들도 없고 일찍 어두워졌어."

"근데 환생 장의사 할아버지, 오늘 일찍 들어가는 거 맞아?"

자칭 탐정이면서도 의심쟁이인 진철이의 물음에 동찬이는 자신 있게 고개를 끄덕거렸다.

"매주 금요일이면 오후 4시쯤 문을 닫고 들어가. 다른 날은 밤 10시 넘어서까지 불이 켜져 있는데 말이야."

얘기를 주고받는 사이 진철이가 낮게 속삭였다.

"그 할아버지 나온다."

밖으로 나온 할아버지가 멀리 사라지자 동찬이가 영하를 쿡 찔렀다.

"열쇠 챙겨 왔지?"

영하가 고개를 끄덕이며 점퍼 주머니에서 열쇠 뭉치를 꺼냈다. 영하를 끌어들인 이유는 환생 장의사가 있는 건물의 주인, 즉 건물주의 손자였기 때문이다.

한국전쟁 때 월남한 영하의 할아버지는 악착같이 모은 돈으로 건물을 샀는데 구두쇠로 악명이 높았다. 그래서 건물이 낡아도 전혀 손을 보지 않았다. 덕분에 새로운 세입자들이 잘 들어오지 않았고, 환생 장의사도 수십 년 동안 이곳을 터전으로 삼을 수 있었던 것이다.

빗발이 더 거세지자 오가는 사람들의 발걸음이 더욱 줄었다. 주변을 신중하게 살피던 동찬이가 외쳤다.

"가자."

세 아이는 도로를 가로질러 환생 장의사로 다가갔다. 장의사 전면 유리창은 안쪽이 보이지 않게 회색 시트지가 빈틈없이 붙어 있었다. 철제문은 굳게 잠겨 있었는데 다행히 전자 도어락 같은 게 없어서 열쇠로 문만 열면 될 것 같았다.

영하가 열쇠 뭉치에 있는 열쇠를 차례대로 끼워보았지만 들어맞는 게 없었다. 옆에서 지켜보던 진철이가 중얼거렸다.

"여기 열쇠 없는 거 아냐?"

진철이의 말에 영하가 고개를 저었다.

"아냐. 할아버지가 건물 열쇠 다 가지고 있다고 그랬어."

"그럼 빨리 찾아봐. 꼭 도둑질 하는 거 같잖아."

"이런 낡은 집에 훔쳐갈 게 뭐 있다고. 게다가 여긴 장의사라고. 시체 도둑으로라도 몰릴까 봐 그래?"

둘이 옥신각신하는 사이 마침내 맞는 열쇠가 나왔다. 덜컥, 하는 소리와 함께 문이 살짝 열렸다. 골목 바깥쪽을 향해 망을 보던 동찬이가 눈이 동그래져서 소리쳤다.

"어, 얼른 들어가."

"왜?"

동찬이는 꾸물거리는 영하의 등을 다급하게 떠밀었다.

"할아버지가 돌아오는 것 같아!"

"뭐라고?"

"들키겠어. 빨리."

아이들이 장의사 안으로 들어가고 마지막으로 들어간 동찬이는 얼른 문을 잠갔다. 먼저 들어간 진철이가 당황스러운 목소리로 물었다.

"어, 어디로 숨지?"

"저기."

동찬이가 가리킨 곳엔 무언가 커다란 물체가 검은 천으로 덮여 있었고, 그 밑으로 숨을 공간이 보였다. 잔뜩 몸을 쪼그리고 기어 들어가 숨을 참는 중에 진철이가 조심스럽게 입을 열었다.

"여기…… 관 아래인 거 같아."

고개를 들자 접이식 받침대 위에 진짜로 관이 놓여 있는 게 보였다. 관과 받침대를 길게 덮어둔 천 아래에 몸을 숨기고 있었던 것이다. 진철이가 떨리는 목소리로 말했다.

"혹시 시체 들어 있는 거 아냐?"

동찬이도 순간 소름이 끼쳤지만 일단 안 들키는 게 우선이었다. 조용히 하라는 손짓을 하는데 문이 덜컥 열렸다. 쿨럭거리는 기침 소리와 함께 발을 질질 끄는 소리가 이쪽으로 다가오는 게 느껴졌다. 당장이라도 천이 걷히고 장의사 할아버지가 무서운 얼굴로 쏘아볼 것 같았다.

다행히 할아버지는 관을 그냥 지나쳐 벽 쪽에 있는 수납장 서랍을 열고는 뭔가를 꺼낸 다음 곧장 밖으로 나갔다. 영하가 살았다며 한숨을 쉬었다.

동찬이는 살금살금 기어 나와서 조심스럽게 손전등을 켜고 셀카봉을 꺼냈다. 뒤따라 일어난 진철이가 주변을 돌아보면서 겁에 질린 목소리로 말했다.

"장의사 안이 이렇게 생겼구나."

방 안은 이상한 한문이 적힌 천들과 커다란 초가 즐비하게 늘어서 있었다. 향을 피우는지 묘한 냄새도 계속 풍겼다. 이리저리 살펴보던 진철이가 물었다.

"진짜 좀비가 있긴 있는 거야?"

그 얘기를 들은 영하가 발끈했다.

"네가 기어 다니는 남자 어쩌고 하면서 바람을 잡았잖아."

"의심할 수 있다고 했지 진짜 있다고 한 적은 없다고."

둘이 옥신각신하는 사이 동찬이는 손전등을 들고 장의사 안을 이리저리 둘러봤다. 하지만 재차의가 있을 법한 곳은 눈에 띄지 않았다. 힘들게 친구들을 꾀어서 데리고 들어왔는데 빈손으로 나갈 수는 없었다.

손전등을 이리저리 돌려보던 동찬이는 벽에 걸린 그림들을 보고 깜짝 놀랐다.

"으악!"

비명을 지르면서 손전등을 떨어뜨리자 입씨름을 하던 둘이 달려왔다.

"왜?"

"저, 저기."

"안 보여!"

동찬이는 서둘러 휴대폰을 꺼내서 플래시를 켰다. 플래시에 비친 것은 벽에 걸린 기괴한 귀신 그림들이었다. 얼굴은 사람인데 몸은 뱀인 요괴 형상도 있었고, 뒤틀린 나무에 사람의 일그러진 얼굴이 새겨져 있는 것도 보였다.

"이게 다 뭐야?"

동찬이 뒤에 선 진철이가 중얼거렸다. 영하는 아무 말 없이 마른침만 삼켰다. 벽을 따라 쭉 그려진 그림들을 비추다가 제일 마지막에 바닥을 기어 다니는 귀신에서 멈췄다.

"저게 재차의야."

"정말?"

영하의 물음에 동찬이는 고개를 끄덕거렸다.

"응. 고문서에 묘사된 생김새랑 똑같아."

동찬이는 휴대폰 플래시를 끄고 저쪽으로 굴러간 손전등을 다시 주우러 갔다. 허리를 굽혀서 손전등을 집어 들려는데 뭔가 이상했다.

"얘들아! 여기 좀 봐."

커다란 책장 뒤쪽 벽에 살짝 틈이 보였다. 굴러간 손전등이 그쪽 방향으로 빛을 비추지 않았다면 발견할 수 없었을 공간이다. 안쪽에는 검정색 문이 보였다. 그걸 본 영하가 호들갑을 떨었다.

"이거 완전 비밀의 문이잖아."

"들어가 보자."

손전등을 챙긴 동찬이는 좁은 틈으로 몸을 집어넣었다. 조심스럽게 문고리를 돌리자 끼익 하는 소리와 함께 문이 열렸다.

위쪽에서 뭔가 찢어지는 소리가 나서 고개를 들어보니 문 위에 붙여둔 부적이 찢겨서 너덜거리고 있었다.

문을 열자 아래로 내려가는 계단이 보였다. 바깥공기가 통하지 않는 구조임에도 어디선가 스산한 바람이 느껴졌다. 저절로 어깨가 움츠러들었지만 여기까지 와서 멈출 수는 없는 노릇이었다. 뒤에 선 진철이가 중얼거렸다.

“씨, 겁나잖아.”

“그럼 돌아가든가. 대신 상금은 없다.”

동찬이가 퉁명스럽게 대꾸하자 진철이가 고개를 저었다.

“그냥 해본 소리야.”

세 사람은 손전등 불빛에 의지해 한 걸음 한 걸음 계단을 내려갔다. 계단은 중간에서 옆으로 꺾였다. 어디까지 이어지는 건지 아래를 비춰도 끝이 안 보였다. 제일 뒤에 따라오던 영하가 떨리는 목소리로 물었다.

“이 바람 뭐야? 지하실에 에어컨 있어?”

“헛소리 그만하고 잘 따라와.”

동찬이가 쏘아붙이는데 갑자기 위쪽에서 삐걱거리는 소리가 들렸다.

“무슨 소리야?”

그러자 계단 위쪽을 바라본 영하가 대답했다.

"무, 문이 닫히나 봐."

"안 돼!"

세 아이가 거의 동시에 소리를 질렀다. 그러면서 발이 꼬여 버렸고, 서로 뒤엉킨 채 어둠이 기다리는 계단 아래로 굴러 떨어졌다.

5.

한참 지나 정신이 든 동찬이는 머리가 깨질 것 같았다. 초등학교 때 제사상에 오를 정종을 엄청 마시고 뻗었을 때랑 비슷한 느낌이었다. 손전등을 집어 들고 주변을 살펴봐도 아무것도 보이지 않았다.

"영하야……. 진철아!"

처음에는 낮게, 그리고 아무 대답이 들리지 않자 큰 목소리로 불렀지만 응답이 없었다. 덜컥 겁이 나서 휴대폰을 꺼냈다. 황당하게도 통화권 이탈이라는 표시가 나왔다.

"서울 한복판에서……, 말도 안 돼!"

휴대폰을 몇 번 껐다 켰지만 여전히 통화는 불가능했다. 그 와중에 손전등 빛이 점점 희미해지는가 싶더니 이내 불규칙하게 껌뻑거렸다.

"야! 안 돼!"

손전등을 몇 번 흔들었지만 꺼져버리고 말았다. 할 수 없이 휴대폰 플래시를 켰지만 주변을 살펴보기에는 밝기가 턱없이 부족했다. 이곳저곳을 아무리 비춰봐도 아무것도 보이지 않았다. 건물 지하가 이렇게 넓을 줄은 미처 몰랐던 터라 어디로 가야 할지 갈피를 잡을 수 없었다. 다시 돌아갈까 싶어 아까 굴러 떨어진 계단을 찾아봤지만 그조차도 보이지 않았다.

'대체…….'

대신 멀리 빛이 보였다. 살짝 열린 문틈으로 흘러나온 빛이었다. 뭐가 있을지는 모르겠지만 일단 가보기로 했다. 가까이 다가가자 두런거리는 말소리가 들려왔다. 이 깊은 지하에 사람이 있다는 게 이상했지만 혼자가 아니라는 사실에 내심 마음이 놓였다.

조심스럽게 문을 열자 촌스러운 꽃무늬 벽지가 보였다. 긴장한 와중에도 피식 웃음이 나올 정도로 유치한 무늬였다. 그런데 어딘가 낯설지 않았다.

'어? 옛날 우리 집 벽지랑 같네?'

그뿐만이 아니었다. 아버지가 아끼던 이탈리아제 가죽 소파와 옛날 텔레비전도 전에 살던 집에서 쓰던 것과 똑같았다. 조심스럽게 한 발짝 더 안으로 들어가 보니 바닥에 깔린 장판이랑 문 옆의 커다란 괘종시계도 어릴 때 봤던 것이었다.

어찌 된 일인지 몇 년 전에 살던 집과 똑같은 공간에 와버린 것이다. 이상하다 싶어서 나가려고 했지만 들어왔던 문은 감쪽같이 사라져버렸다. 얼떨떨해하고 있는데 어디선가 익숙한 목소리가 들려왔다.

"동찬아! 엄마 나가니까 이따 삐삐 약 주는 거 잊지 마라."

안방에서 불쑥 나온 엄마는 몇 년 전 모습이었다. 놀란 동찬이가 "엄마!" 하고 소리쳐 불렀지만 들리지 않는지 그냥 현관문을 열고 나가버렸다. 소파 옆에 서서 멍하게 엄마의 뒷모습을 바라보는 사이 부엌문이 열리고 스파이더맨이 그려진 티셔츠를 입은 한 아이가 나왔다.

머리 모양이며 옷차림까지 낯설지 않은 모습. 어디서 많이 본 얼굴, 아니 하루도 빠짐없이 매일 봐온 얼굴이었다.

'나다.'

헝클어진 머리에 늘어진 티셔츠 차림으로 집 안을 누비는 모습이 영락없이 초등학생 때의 동찬이였다.

게임을 하느라 하루 종일 의자에 앉아 있었던 모양이다. 땀이 찬 엉덩이를 벅벅 긁은 어린 동찬이는 냉장고 문을 열고 주스를 꺼내 벌컥벌컥 마셨다. 그리고 손등으로 입을 닦으면서 냉장고 옆을 내려다봤다. 열 살이 넘은 강아지 삐삐가 누워 있다가 인기척에 고개를 들었다.

나이가 들면서 당뇨병을 앓게 된 삐삐는 매일 일정량의 인슐린과 약으로 겨우겨우 목숨을 연명하고 있었다. 엄마가 집을 비울 땐 동찬이가 인슐린을 놔주었어야 했는데 게임할 시간도 부족하던 그 시절 여간 귀찮은 일이 아니었다.

'약 통이 어디 있더라.'

엄마는 늘 약을 두던 곳에 두었지만 동찬이는 그게 어딘지를 늘 잊곤 했다. 부엌을 살펴보는데 방에서 휴대폰이 울렸다. 방 안으로 들어간 어린 동찬이를 지켜보면서 그때의 기억이 선명하게 떠올랐다. 잠시 후, 어린 동찬이는 주황색 재킷을 반쯤 걸쳐 입고 나오면서 휴대폰으로 누군가와 통화를 했다.

"엔젤 피씨방 맞지? 바로 갈게."

그렇게 신발을 대충 신고 문을 열고 나가는 동안 삐삐를 한 번도 쳐다보지 않았다. 그렇게 문은 닫히고 삐삐는 낑낑거리면서 몸을 뒤척였다. 그러면서 점점 집 안이 어두워졌다. 그 광경을 보면서 동찬이는 고개를 떨궜다.

'미, 미안해.'

애들과 게임을 하느라 저녁 늦게야 들어왔다. 삐삐는 그날 세상을 떠났고, 엄마는 삐삐에게 인슐린을 놔주지 않은 동찬이에게 화를 냈다. 무턱대고 화를 내는 엄마가 미웠다. 반항심도 들었다. 하지만 삐삐의 죽음에 대해서는 한 번도 생각한 적이 없었다.

싸늘하게 식은 삐삐를 쳐다보기 힘들어서 눈을 질끈 감았다. 한동안 눈을 감고 있는데 문득 북적거리는 느낌이 들었다. 동찬이는 살며시 눈을 떠보았다. 주변 풍경이 달라져 있었다.

이번에는 골목길이었는데 역시 어릴 적 살던 곳이었다. 초등학교 2학년 때까지 살던 다세대 빌라가 보였다. 빌라 앞에는 산으로 이어지는 오르막길이 있었는데 그곳에서 킥보드 같은 것을 타고 내려가는 것이 아이들 사이에 유행이었다.

가파른 길이어서 내려올 때 속도가 엄청났기에 부모들은 언제나 말리기에 바빴다. 그럼에도 아이들은 그 속도감에 중독이라도 된 듯 매일매일 그곳에서 각종 보드나 자전거를 신나게 굴리곤 했다.

어린 시절의 동찬이도 엄마 아빠 몰래 옆집 성호의 킥보드를 빌려서 타고 내려오곤 했다. 이날도 아이들 여럿이 킥보드를 타고 언덕길을 내려왔다. 그중 하나가 바로 짧은 머리에 파란색 줄무늬 티셔츠 차림을 한 동찬이였다.

신나게 언덕길을 내려오는데 성호가 어슬렁거리면서 나타났다. 그리고 어린 시절의 동찬이에게 말을 거는 게 보였다.

"이제 내가 탈 거니까 줘."

"좀만 더 타자."

"안 돼. 열 번만 탄다고 했잖아."

"그래도……."

"자꾸 그러면 너희 엄마한테 이른다."

엄마한테 혼날 생각을 하니 더 버틸 수가 없었다. 어린 시절의 동찬이는 잔뜩 짜증이 난 표정으로 킥보드를 내팽개쳤다.

"에이, 이제 너랑 안 놀아."

"맘대로 해라."

깐족대는 성호가 꼴 보기 싫었다. 어린 시절의 동찬이는 씩씩거리며 큰길로 나왔다. 그때 택배 트럭 한 대가 엄청 빠른 속도로 골목길로 접어드는 게 보였다.

그 광경을 보던 동찬이가 소리쳤다.

"앗, 사고 나겠다!"

어린 시절의 동찬이도 같은 생각을 했는지 걸음을 멈추고 힐끔 골목길을 돌아봤다. 하지만 얄미운 성호에게 알려주기 싫어서 그냥 가던 길을 갔다. 골목길 안으로 들어간 트럭은 언덕길에서 빠른 속도로 내려오는 성호를 보지 못했다. 신나게 내려오던 성호는 불쑥 튀어나온 트럭을 보고는 놀란 표정으로 입을 벌렸다.

"성호야!"

드라마처럼 펼쳐지는 광경을 바라보던 동찬이는 비로소 트럭 밑으로 빨려 들어간 성호의 몸이 갈기갈기 찢어졌다는 소문이 돌았던 기억이 떠올랐다. 미리 알려줬다면 사고가 나지 않았을 것이라는 죄책감과 혹시나 누가 그 사실을 알고 혼낼까 봐 두려운 마음에 어린 동찬이는 한동안 골목길로 나서지 못했다.

괴로운 마음에 다시 눈을 꾹 감고 있는데 어디선가 낯선 목소리가 들려왔다.

"그리고 넌 그 죄책감 때문에 이때의 기억을 지워버렸지."

깜짝 놀라서 고개를 돌리자 환생 장의사 할아버지가 보였다.

"하, 할아버지."

"혹시나 해서 와봤는데 너였구나."

"죄송해요. 재, 재차의를 찾고 있었어요."

동찬이의 얘기를 들은 할아버지가 말했다.

"왜 여기 그런 게 있다고 믿은 게냐?"

"비 오는 날 뒷문으로 나가는 이상한 사람을 봤어요. 그래서 들어와본 거예요."

"어릴 때의 나처럼 호기심이 많구나."

"제가 본 게 재차의가 맞나요?"

동찬이의 물음에 할아버지는 잠시 눈빛이 흔들리더니 굳은 얼굴이 되었다 .

"원래 있어서는 안 되는 존재들이지."

있어서는 안 되는 존재들. '나 여기 있다'라고 하며 나타나는 재차의는 실은 있어서는 안 될 존재이긴 하다.

"그럼 제가 방금 본 것들은 뭔가요?"

동찬이가 아직도 잔영이 남은 어릴 적 광경을 떠올리며 물었다.

"세상을 떠난 사람들이 죽음을 먹는 과정이란다."

"죽음을 먹는다고요?"

할아버지가 손짓을 하자 옅게 어른거리던 골목길 풍경이 안개처럼 사라졌다. 그리고 어둠이 나타났다.

"사람이 죽으면 하늘나라로 가기 전에 제 삶을 돌아보는 시간을 갖는단다. 특히 자신의 과오로 인해 벌어진 죽음들과 다시 맞닥뜨리지. 그걸 반성하고 곱씹어야만 영혼이 하늘로 갈 수 있단다."

"그럼 제가 본 것도……."

"훗날 네가 죽으면 보게 될 것들이었어. 보면서 어떤 생각이 들었니?"

"삐삐랑 성호에게 미안했어요. 다시 돌아갈 수만 있다면 둘 다 살리고 싶어요."

동찬이의 얘기를 들은 할아버지가 가볍게 웃었다.

"제대로 반성했구나."

"그런데 왜 여기에 그런 사람들, ……있어선 안 될 사람들이 돌아다니는 거죠?"

"내가 특별한 사명을 가지고 있기 때문이지."

환생 장의사 할아버지는 어둡게 변한 주변을 쳐다보면서 덧붙였다.

"내 장의사는 죽은 자가 재차의가 되지 않도록 환술을 집행하는 곳이란다."

재차의라는 말에 동찬이의 눈이 다시 번쩍 뜨였다.

"맞죠? 그거, 진짜 있는 거 맞죠?"

"살아생전 과오에 대해 제대로 반성을 하지 않으면 영혼이 하늘나라로 가지 못해. 살아 있는 시체가 되고 만단다."

"살아 있는 시체요?"

겁에 질린 동찬이의 물음에 할아버지가 고개를 끄덕거렸다.

"그래. 그렇게 산 것도 죽은 것도 아닌 인간을 옛부터 재차의라 불렀던 모양이더구나."

동찬이는 바싹 마른 아랫입술을 혀로 핥으며 할아버지의 말에 더 귀를 세웠다.

"요즘은 예전보다 사악한 사람들이 많아져서 재차의도 더 늘어났을지 모르겠다. 다른 요괴들도 눈에 띄게 활동하고 있고 말이야."

"다른 요괴들도 있다고요?"

"한때는 구미호 같은 요괴들과 인간들이 함께 살았던 적이 있었지."

"지금은 다 없어졌나요?"

"많이 없어졌지. 하지만 완전히 사라지지는 않았어."

그때 어둠 속에서 이상한 소리가 들렸다. 호랑이 같기도 하고 늑대 같기도 한 짐승의 울음 소리였다. 정체 모를 짐승 소리는 음산하고 섬뜩한 기운을 자아냈다. 그 소리를 들은 할아버지가 동찬이의 손을 잡았다.

"이제 돌아가자."

"어디로요?"

반쯤 얼이 빠진 동찬이가 주변을 두리번거리자 할아버지가 손목을 잡아끌었다.

"저쪽이다."

그러자 아까는 보이지 않았던 문이 보였다. 재촉하듯 서둘러 팔을 잡아당기는 통에 반쯤 끌려가던 동찬이는 뒤에서 들려오는 소리에 무심코 고개를 돌렸다. 안개 같은 어둠을 뚫고 뭔가가 기어 오는 게 보였다.

그을린 듯 검은 얼굴에 손도 검붉은 빛을 띤 괴물이었다. 핏

발 선 눈은 증오로 가득했다. 네 발로 다가와서 이쪽을 향해 손을 뻗는 걸 보며 놀라서 비명을 지르려는 순간 할아버지가 앞을 가로막았다.

알 수 없는 주문을 외운 할아버지의 손에서 푸른빛이 생겨났다.

"우와!"

할아버지가 날린 푸른빛은 덤벼드는 괴물에게 날아갔다. 푸른빛을 맞은 괴물은 글자 그대로 산산조각이 나버렸다. 지글거리는 소리와 함께 남은 괴물의 흔적들이 타들어갔다.

한숨 돌리려는 찰나, 어둠 속에서 더 많은 괴물들이 우글우글 다가왔다. 할아버지가 동찬이에게 소리쳤다.

"얼른 문으로 가라."

동찬이는 있는 힘껏 문을 향해 달렸다. 그사이 할아버지는 연신 푸른빛을 날려서 다가오는 괴물들을 없애버렸다. 하지만 괴물들의 숫자는 점점 더 늘어났다. 문고리를 잡은 동찬이가 소리쳤다.

"빨리 와요!"

할아버지는 날랜 몸놀림으로 괴물들을 피해 달려왔다. 그리고 문을 닫아버렸다. 괴물들이 문을 부술 듯이 두드려댔다. 할아버지는 주머니에서 꺼낸 부적을 문고리 쪽에 붙이고 주문을 외웠다. 그러자 문 안에서 괴물들이 으르렁거리는 소리가 점점 멀어졌다. 간발의 차이로 문 안에 괴물들을 가둬두고 빠져나온 것이다. 안쪽이 잠잠해지자 동찬이는 그제사 숨을 골랐다.

"바, 방금 그거 재차의 아니었나요?"

할아버지는 대답 대신 한쪽 무릎을 꿇고 동찬이를 바라봤다. 그리고 새끼손가락을 깨물어 피를 내 동찬이 이마에 뭔가를 썼다.

"뭐 하세요?"

"돌아가는 중이다."

그 얘기를 마지막으로 동찬이는 정신을 잃고 말았다. 눈을 감기 직전 환생 장의사 할아버지의 앞머리 사이로 한문 교실에서 배운 귀鬼라는 글자가 보였다.

6.

"정신이 드니?"

어디선가 들려오는 목소리에 동찬이는 눈을 떴다. 걱정스러운 듯이 내려다보는 눈들이 보였다. 낡은 소파에서 몸을 일으키자 영하가 물었다.

"괜찮아?"

"응. 너희들은?"

영하 옆에 있던 진철이가 대답했다.

"계단에서 굴러서 정신을 잃었는데 할아버지가 구해줬어."

"나도."

그사이, 지하로 통하는 문에 부적을 새로 붙인 할아버지가 세 사람 앞에 섰다.

"너희들이 갔던 곳은 이승과 저승의 경계란다. 살아 있는 사람은 가서는 안 되는 곳이지."

"몰랐어요. 그런데 우린 어떻게 돌아온 거죠?"

할아버지는 대답 대신 동찬이의 이마를 쓸어 올리고는 거울을 갖다댔다. 그러자 아까 정신을 잃기 전에 봤던 글자가 네온사인처럼 반짝거렸다가 사라졌다.

"너희들에게 귀자득활술을 썼지."

진철이가 동찬이를 바라보면서 말했다.

"동찬아! 네 이마에도 글자가 보여."

셋은 서로의 이마에 '鬼'(귀) 자가 새겨진 걸 봤다. 반짝거리던 글자는 잠시 후에 사라졌다. 놀란 동찬이가 이마를 만지면서 할아버지에게 물었다.

"이게 뭐예요?"

"예로부터 전해져 내려오는 환술이다. 죽은 자나 죽은 자가 있는 공간에 들어간 자들을 다시 현실로 돌아오게 할 때 쓰는 것이지.”

“우리가 그럼 저승에 갔다 온 거예요?”

“이승과 저승의 중간쯤이란다. 그곳에는 사악한 존재들이 많기 때문에 굉장히 위험해. 너는 여러모로 특별한 아이 같구나. 하지만 평범하게 사는 게 좋아.”

비로소 어떤 상황에 처했었는지 깨달은 동찬이는 다리가 후들거렸다.

“엄마……, 아빠!”

할아버지가 멍해져 있는 동찬이의 머리카락을 거칠게 흩트렸다.

“보통 사람 눈에는 안 보이니까 걱정 마라. 대신 아무에게도 말하면 안 된다.”

“어차피 믿지도 않을 거예요.”

동찬이의 풀죽은 말에 진철이와 영하도 같은 생각이라는 듯 고개를 끄덕거렸다. 하루 동안 아무도 믿어주지 않을 모험을 했다는 사실이 실감나지 않았다. 두 친구들도 얼빠진 표정을 지었다. 그걸 본 할아버지가 장의사 문을 열었다.

“어서 집으로 돌아가거라.”

할아버지가 말하기 무섭게 진철이와 영하는 뒤도 돌아보지 않고 밖으로 나갔다. 동찬이도 힘없이 인사를 하고 밖으로 나왔다.

걱정스러운 눈으로 바라보던 할아버지가 천천히 문을 닫았다.

동찬이는 뒤를 돌아보려다 말고 계단을 내려와서 집으로 향했다. 빗발은 아까보다 약해졌지만 여전히 부슬거리고 있었다. 동찬이는 집으로 돌아가면서 오늘 벌어진 일들을 떠올려봤다. 잊고 싶었던 옛 기억이 눈앞에서 생생하게 펼쳐진 일 하며, 재차의가 덤벼든 일까지.

"에잇, 몰라. 집에 가서 게임이나 해야지."

뭐가 어떻게 돌아가는 것인지 무섭기도 하고 혼란스럽기도 했다. 달아나고 싶었다.

"천만 원에 목숨까지 걸 필욘 없잖아?"

UCC 공모전에 대한 생각까지 털어버린 동찬이는 문득 배가 고파왔다. 꾸르륵거리는 배를 만지작거리다가 횡단보도 앞 붕어빵 가게에 갔다.

주머니에서 천 원짜리를 꺼내고 붕어빵을 챙긴 동찬이는 돌아서다가 누군가와 툭 부딪쳤다. 막 봉지에서 꺼내려던 붕어빵이 비가 흥건한 길바닥으로 떨어졌다. 그를 친 남자는 뒤도 돌아보지 않고 걸어갔다.

비에 젖은 붕어빵을 내려다보던 동찬이는 문득 이상한 낌새를 느꼈다. 방금 그를 치고 지나간 남자에게서 낯설지 않은 묘한 냄새가 났던 것이다. 동찬이는 눈을 동그랗게 떴다. 어디서 맡은 냄새인지 떠올랐다.

동찬이는 붕어빵이 든 종이봉투를 옆구리에 끼고 남자를 따라갔다. 남자는 후드를 뒤집어쓰고 두 손을 주머니에 넣은 채 비를 맞고 걸었다. 그러다 갑자기 걸음을 멈추고 뒤를 돌아보았다. 정신없이 뒤따라가던 동찬이는 그대로 얼어붙고 말았다.

돌아본 남자의 눈동자는 시퍼런 색이었다. 마치 빨려들 것 같은 느낌에 흠칫 놀랐지만 온몸에 기운이 쭉 빠져나가서 움직이지 못했다. 시퍼런 눈동자의 남자는 꼼짝도 못하는 동찬이에게 다가오면서 주머니에 넣었던 검은 손을 뺐다. 입으로는 알 수 없는 이상한 말들을 중얼거렸는데 그 소리가 점점 선명하게 들리면서 동찬이 목을 옥죄어왔다.

'아! 안 돼!'

얼른 달아나려 했지만 몸은 마치 밧줄에 묶인 것처럼 꼼짝하지 않았고, 정신도 점점 몽롱해졌다. 어느새 눈앞까지 다가온 남자가 입을 벌렸다. 눈과 입에서 검은빛이 쏟아졌고 동찬이는 그 빛으로 빨려 들어갈 것만 같았다.

의식이 거의 없어지려는 순간, 남자가 흠칫 놀라면서 물러섰다. 동찬이는 이마에서 알 수 없는 기운이 뿜어져 나오는 걸 느꼈다. 남자는 뒤로 물러나더니 두 손을 주머니에 찔러 넣고는 빠른 걸음으로 빗속으로 사라져갔다.

동찬이는 숨을 몰아쉬며 남자가 사라진 방향이 어느 쪽인지 살폈다. 어디를 향해 가는지 알 것 같았다. 붕어빵이 든 종이봉투를 내동댕이치고는 황급히 뛰어갔다. 골목 사이의 지름길로 달린 동찬이가 도착한 곳은 환생 장의사였다. 계단을 뛰어올라간 동찬이는 정신없이 문을 두드렸다.

"할아버지! 빨리 문 좀 열어주세요!"

잠시 후 문이 열리고 할아버지의 모습이 보였다.

"집에 안 가고 무슨 일이냐?"

동찬이는 황급히 안으로 들어가서 문을 닫았다. 심상치 않은 기색을 느낀 할아버지가 물었다.

"왜 그러니?"

"지, 지난번에 뒷문으로 나간 재차의를 봤어요."

표정이 굳어진 할아버지가 동찬이의 어깨에 손을 올렸다.

"어디서 봤는데?"

"아파트로 가는 도로가에서요. 이쪽으로 오는 걸 보고 지름길로 달려왔어요."

얘기를 들은 할아버지는 재빨리 벽에 있는 서랍장으로 향했다. 그리고 안에서 나무로 만든 목검을 꺼냈다. 목검에는 알 수 없는 글씨들이 잔뜩 적혀 있었는데 할아버지가 주문을 외우자 각 글자들이 빛을 뿜었다.

기운을 모은 할아버지에게 동찬이가 외쳤다.

"아까 그 남자가 저에게 다가왔다가 제 이마에서 빛이 나오니까 물러났어요."

"귀자득활술이 너를 지키기 위해 기운을 발동한 모양이구나. 이제 뒷문으로 나가서 집으로 가라."

"저도 도울게요."

자기 입에서 나온 말에 스스로도 놀랐지만, 동찬이는 발이 떨어지지 않았다.

"이건 나의 싸움이다!"

"있어선 안 될 존재라면서요. 저런 괴물이 거리를 돌아다니게 할 수는 없어요."

"무섭지도 않은 거냐. 넌!"

"무서워요. 그래도 그냥 이렇게 달아나는 건……."

"쉿."

동찬이와 할아버지의 말다툼은 장의사 밖에서 나타난 그림자로 인해 멈춰지고 말았다. 잠시 멈췄던 그림자가 서서히 문 쪽으로 다가오는 걸 본 할아버지가 동찬이에게 외쳤다.

"내가 신호를 보내면 정신을 집중하고 네 이마에 적힌 글자를 크게 외쳐라."

"알았어요!"

할아버지가 눈을 감고 주문을 외우자 옷자락이 서서히 부풀어 올랐다. 그리고 장의사 안에 붉은 기운이 감돌았다. 삐걱거리던 문이 부서지자 눈을 뜬 할아버지가 외쳤다.

"지금이다!"

동찬이는 있는 힘껏 문을 부수고 들어온 시퍼런 눈동자의 남자를 향해 외쳤다.

"귀!"

다섯 귀신의 사연을 엮으며

서양 신화를 보면 요괴나 마녀가 사람이 사는 동네에 아무렇지 않게 출몰하던 때가 있었습니다. 사람들은 요정의 도움을 받아 선한 일을 이루거나 사악한 혼령의 저주에 맞서 모험을 펼치기도 했습니다.

신화의 시대, 우리 곁에서 친구로, 또는 적으로 살아 숨 쉬던 존재들은 다 어디로 간 것일까요? 별빛 대신 네온사인이 번쩍이게 되고 숲길을 아스팔트가 채우면서 요정이니 요괴니 하는 존재들은 살 곳을 잃어버리고 말았지요. 주술이 과학으로 대체되어버린 지금, 우리는 보이지 않는 존재를 상상하는 힘을 잃어가고 있습니다.

우리나라로 시선을 집중해보면 처녀귀신, 몽달귀신, 달걀귀신 등 우리의 옛이야기에도 귀신이 자주 등장했습니다. 그 많던 귀신들은 다 어디로 간 걸까요? 스마트폰, 티브이, 컴퓨터 게임 등에 정신 팔려 있느라 보지 못할 뿐, 지금 이 순간에도 새근새근 숨을 죽인 채 우리 곁을 맴돌고 있을지 모를 일입니다.

우리나라 귀신들은 대체로 한을 품은 존재입니다. 귀신이 등장하는 옛이야기를 보면 억울하게 죽은 원혼이 고을 원님에게 자기 사연을 털어놓고 원한이 풀리면 승천하는 경우가 많습니다. 덮어놓고 나타나 누군가를 해코지하기보다는 공권력에 민원을 제기하거나 산 자에게 판단을 맡기는 식입니다.

이 점은 늑대인간, 드라큘라 등 인간의 변종 형태를 띤 서양 귀신, 또는 산 사람의 몸을 탐내는 악령과 다른 점입니다. 또 귀신이 직접 물리적인 복수를 가하는 일본이나 중국 귀신과 다른 점이기도 합니다.

그래서 혼령이 나타나면 달아나거나 퇴치하기 바쁜 다른 나라와는 달리, 우리나라는 "그래, 무슨 사연이 있는 거니? 들어나 보자" 하고 묻는 게 전혀 어색하지 않습니다. 그리고 각 귀신이 털어놓는 이야기 속에는 그 사회의 산 사람들이 겪고 있는 현실적 문제나 마음속 깊이 숨겨둔 어두운 감정이 고스란히 투

영되는 경우가 많습니다.

그 사회의 구성원들이 느끼는 죄책감, 불안감, 상실감, 억울함 등 부정적 감정이 자력으로 해소되지 않을 때 귀신의 형태를 띠고 나타난다는 해석은 전 세계 공통입니다. 귀신이 어디에서 출몰했느냐는, 곧 그 사회의 어느 부분이 병들어 있는지를 알아보는 척도가 될 수도 있다는 것입니다.

그래서 비현실적으로 느껴지는 귀신 이야기야말로 지금의 현실을 가장 신랄하게 바라보는 작업일 수 있습니다.

그 작업을 해내기 위해 다섯 작가들은 오늘도 우리의 이웃에 살고 있는 귀신의 말에 귀를 기울여보기로 했습니다.

「사라진 얼굴」에 등장하는 달걀귀신은 얼굴 없는 존재입니다. 달걀귀신은 본디 이름 없는 사람들이 죽은 곳에서 나타난다고 합니다. 무명의 존재들이 집단 학살을 당한다든지 평생 고생만 하다가 누구도 알아주지 않는 죽음을 맞이하는 경우에 달걀귀신이 된다는 것입니다. 그렇게 나타난 달걀귀신은 다른 사람의 얼굴을 빼앗아 가지고, 그러면 얼굴을 빼앗긴 사람은 또 달걀귀신이 되는 과정이 끝없이 반복된다는 설도 있습니다.

사람은 누구나 눈, 코, 입, 이목구비를 가지고 태어납니다. 즉, 각자 자기 개성을 갖고 또 키워나갈 수 있게끔 설계된 채 세상에 나온다는 것입니다. 그러나 자기 정체성을 확실히 지키며 사는 사람은 많지 않습니다. 또렷하게 가지고 태어난 얼굴을 흐릿하게 만드는 것은 과연 귀신의 농간일까요?

경쟁 중심의 사회에서 1등을 향해 스스로를 획일화시켜버릴 수밖에 없는 현실과 사람의 얼굴을 빼앗는 달걀귀신 중 무엇이 더 무서운 것인지 생각해볼 만합니다.

「이웃집 구미호」에 등장하는 구미호 설화는 여러 가지 버전이 있습니다. 꼬리가 아홉 개 달린 여우 이야기는 중국과 일본 등 동아시아 지역에서 구전되어왔습니다. 현존하는 자료를 기준으로 보면 우리나라의 『규원사화』에 최초로 등장했기에 기록상으로는 한국이 구미호 이야기의 원조라고 볼 수도 있습니다.

중국이나 일본에는 여우가 아리따운 여성으로 둔갑해 권력자를 홀려서 나라를 패망에 이르게 한다는 이야기가 많습니다. 우리나라 구미호는 아름다운 여인으로 변신해 사람을 잡아먹는 무서운 존재이기도 하지만, 그 이면에 사람이 되고픈 소망을 지닌 안쓰러운 존재이기도 합니다.

그러한 그들의 소원은 인간의 욕심과 이기심, 또는 헛된 호기심 때문에 그르치게 되는 경우가 많습니다. 인간을 믿고 또 동경하는 구미호는 결국 인간에게 상처를 입고 다시 여우로 돌아가거나 어쩔 수 없이 인간을 해치게 되지요.

이 시대를 살고 있는 구미호들은 어떨까요? 숲도 호수도 사라진 채 인간이 지배해버린 공간에서, 인간이 되어야만 생존할 수 있다는 절박함은 더 깊어졌을 것입니다. 그에 반해 약자에게 가해지는 착취와 폭력은 더욱 거세져가고 있습니다. 여우도 사람도, 사람으로 살기 힘든 세상인 것입니다. 그렇기에, 우리는 미호의 선택을 눈여겨보게 됩니다.

「지박령 열차」에 나오는 지박령은 '땅에 얽매어 있는 영혼' 입니다. 특정 장소에 원한을 지닌 채 죽으면 그곳을 떠나지 못하게 되는 것입니다. 흔히 자살을 한 경우를 떠올리게 되지만 자신이 죽은 사실을 모르는 아기 영혼이나 특별한 이유로 어떤 장소에 집착하게 되는 경우도 지박령이 된다고도 합니다.

어찌 보면 삶에 대한 애착이 가장 강한 혼령이라고도 할 수 있겠습니다.

지하철은 지박령과 같이 한 곳에 박혀 있는 장소가 아닙니다. 그런데 누군가를 싣고 움직이는 공간인 지하철은 아이러니하게도 지박령을 많이 태우게 될 조건을 갖추고 있습니다. 죽음으로 이어지는 사고가 일어날 위험이 큰 공간이기 때문입니다.

우리는 철로에 떨어진 사람을 구하려다 다가오는 열차를 피하지 못해 깔리고 만 경우, 또 고장 난 스크린도어를 고치려다 문틈에서 빠져나오지 못한 경우 등 안타까운 사건을 접한 적이 있습니다. 지하철은 빠르고 편리하게 어디론가 옮겨줄 수 있는 도구이기도 하면서 의롭고 선한 목숨을 단숨에 앗아갈 수 있는 물리력을 지닌 물체이기도 한 것입니다.

특히나 모자를 푹 눌러 쓰고 '편히 죽을 수 있는 법'을 검색해보는 학생이라면 어떨까요? 갓 입사한 병원에서 재가 되도록 '태움'을 당한 간호사라면 또 어떨까요? 그런 경우 지하철 역은 충동적으로 몸을 던져버릴 수도 있는, 그럼으로써 즉사해버릴 수 있는 확실한 자살 공간이 됩니다.

오늘도 노선을 바삐 순환하는 열차는 눈에 보이지 않는 죽음의 사연을 싣고 달리고 있는지도 모릅니다. 누군가의 괴롭힘에 못 이겨 스스로 죽음을 택할 수밖에 없었던 영혼을, 끝도 없이 한도 없이 밟고 달리고 있는 건 비단 열차만은 아닐 것 같습니다.

「소녀가 돌아올 때」는 처녀귀신 이야기입니다. 혼기가 찬 여자가 결혼하지 못하고 죽으면 처녀귀신이 된다고 합니다. 남자의 경우 몽달귀신이 된다고 하지만, 옛 문헌에 등장하는 두 귀신의 수를 비교하자면 처녀귀신이 압도적으로 많습니다.

억울하게 죽은 영혼이 인간의 형상으로 나타나는 것을 원귀라고 한다면, 가부장적인 사회에서 여성에 대한 폭력이 제도적으로 허용되었던 시절에 몽달귀신보다 처녀귀신이 훨씬 더 많았다는 건 어쩌면 당연한 일입니다.

그런데 이 원귀의 한을 풀어주었다는 방식에도 다분히 남성중심적이고도 폭력적인 시선이 묻어 있습니다.

가령 정조를 목숨보다 소중히 지키도록 강요당하며 자란 처녀가 혼인도 하기 전 성폭행을 당한 경우, 스스로 목숨을 끊는 것 말고 다른 선택지는 없었을 것입니다. 그렇게 죽은 여자의 원을 풀어주겠다며 처녀의 무덤에 남근 모형을 묻는다든지, 몽달귀신과 영혼 결혼식을 시킨다면, 처녀귀신의 심정은 어땠을까요? 귀하게 간직하고 싶었던 여성성을 무참히 짓밟힌 채 죽은 처녀귀신 입장에서는 그야말로 어처구니없는 처사 아니었을까요? 죽어서까지 여성으로서 성적 자기 결정권을 존중받지 못하고 2차 가해를 당한 셈입니다.

여성에 대한 이러한 폭력적 시각은 오늘까지 이어져오고 있습니다. 처녀를 죽여 귀신이 되게 한 사람은 제대로 처벌받지 않습니다. 잔인한 일을 당한 여성이 섣불리 자신의 피해 사실을 공표했다가 도리어 비난의 대상이 되는 경우도 왕왕 있습니다.

「소녀가 돌아올 때」에서 돌아온 소녀는 가해자를 직접 지목합니다. 그럼으로써 폭력 행위에 대한 응분의 대가를 치르게 합니다. 그리고 제2, 제3의 피해가 벌어지지 않도록 경고합니다. 그런다고 피해 사실이 없어지진 않습니다. 하지만 남아 있는 사람들만큼은 정의를 지켜낼 수 있습니다.

「재차의를 찾아서」에는 어디에서도 볼 수 없었던 한국 토종 좀비가 등장합니다.

좀비는 본디 아이티의 부두교 주술사가 흑마술로 소생시킨 시체들이 그 기원입니다. 흑마술사들은 죄를 지은 자들을 죽였다가 되살려내 농장의 노예로 부렸다고 합니다. 그러한 좀비는 최근 들어 부쩍 영화나 소설의 인기 캐릭터로 부상하고 있습니다. 문화 비평가들은 자신에 대한 통제권을 전혀 가지지 못한 채 영원한 노예 신세가 된 좀비와 학교, 직장에 얽매어 자기 의지를 발휘하지 못하는 현대인의 자화상이 겹쳐 보이기 때문이라고 분석합니다.

환생 장의사 뒷골목을 어슬렁거리고 있는 토종 좀비, 재차의는 '있어서는 안 될 존재' 입니다. 뜻도 의지도 없이 조종당하는 삶이 있어서는 안 되듯이 말입니다.

이 이야기에는 다섯 이야기 중 유일하게 퇴마 의식이 등장합니다. 우리가 물리쳐야 할 것들은 음습한 뒷골목의 낯선 좀비일 수도 있고, 좀비마냥 끈덕지게 들러붙는 악하고 약한 마음일 수도 있습니다.

그런 의미에서 '여기 있는' 좀비들을 '원래 있어야 할 곳'으로 보내는 주인공의 활약이 사뭇 기대됩니다.

다섯 이야기에 등장하는 다섯 귀신의 목소리가 독자 여러분이 앉아 계신 그곳까지 잘 전달되었는지 모르겠습니다. 낯설고 섬뜩해서 눈을 가린 채 보셨다면 다시 책장을 펼쳐 그들의 이야기에 찬찬히 귀를 기울여보시길 권합니다.

어느 대목에선가, 여태까지 회피해왔던 나 자신의 어두운 내면과 조우하게 될지도 모릅니다. 거기서 다시 한 발짝 내디디면 됩니다.

2018. 7.

다섯 작가들을 대신하여

책 귀신

이웃집 구미호

초판 발행 2018년 07월 25일
초판 5쇄 2023년 02월 15일

지은이 김태호, 윤해연, 윤혜숙, 임어진, 정명섭
펴낸이 이진곤
펴낸곳 블랙홀
출판등록 제 25100-2015-000077호(2015년 10월 26일)
주소 경기도 파주시 문발로 405 제2출판단지 활자마을
전화 02-338-0092
팩스 02-338-0097
홈페이지 www.seentalk.co.kr
E-mail seentalk@naver.com

ISBN 979-11-88974-13-9 44810
979-11-956569-0-5 44800 (세트)

이 도서의 국립중앙도서관 출판예정도서목록(CIP)은 서지정보유통지원시스템 홈페이지(http://seoji.nl.go.kr)와 국가자료공동목록시스템(http://www.nl.go.kr/kolisnet)에서 이용하실 수 있습니다.(CIP제어번호: CIP2018021816)

블랙홀은 씨앤톡의 자매 회사입니다.